U0724602

书里写"爱不是宇宙物,
而是头骨里的一枚钉子",
而她走住前走的时候被
那枚钉子带来的隐气疼痛
提醒着却反想过拔出
这枚钉子.
因为.她享交麦他的
泥沙俱下的过程.

有爱的青春陪伴者

礼也

著

下阵雨

四川文艺出版社

图书在版编目（CIP）数据

下阵雨 / 礼也著. -- 成都：四川文艺出版社，
2025. 8. -- ISBN 978-7-5411-7335-6

Ⅰ. I247.5

中国国家版本馆 CIP 数据核字第 2025JG3189 号

XIA ZHEN YU

下阵雨

礼也 著

出 品 人	冯　静
责任编辑	陈雪媛
特约编辑	嘎　嘎
装帧设计	Insect　椰　椰
图片绘制	六月pearl　木鱼喜喜
责任校对	段　敏

出版发行　四川文艺出版社（成都市锦江区三色路 238 号）
网　　址　www.scwys.com
电　　话　0731-89743446（发行部）　028-86361781（编辑部）

排　　版　长沙大鱼文化传媒有限公司
印　　刷　天津睿和印艺科技有限公司
成品尺寸　145mm×210mm　　　开　本　32 开
印　　张　9　　　　　　　　　　字　数　200 千字
版　　次　2025 年 8 月第一版　印　次　2025 年 8 月第一次印刷
书　　号　ISBN 978-7-5411-7335-6
定　　价　42.80 元

版权所有·侵权必究。如有质量问题，请与大鱼文化联系更换。0731-89743446

目 录

目录

Chapter 1
不可说

她走向他，用了六年。

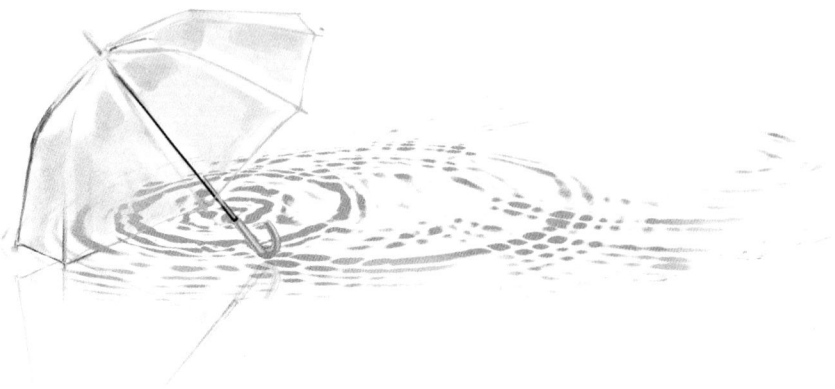

1

傍晚，墙上挂钟的指针缓慢指向六点整，DK 建筑事务所所在的这栋大厦各层都自觉地亮起了灯，不出意外又是一个平平无奇的加班工作日。

项目经理的办公室门开了又合，有人拿着一份文件走出来。

过了一会儿，几个在茶水间的实习生突然雀跃地举起手里的咖啡杯相碰庆祝。

黎想的工位离他们最近，因吵闹声太大才抬头往那儿看了一眼，恰好对上小群体中心那人得意扬扬的视线。

她将眼神收回，脸色未改。

一旁的林汛上道地凑过来分享八卦情报："叶英武的方案通过了，他今晚说要请客。"

难怪这么开心。

DK 最近承接了个改造度假村的相关项目，设计 1 组和 2 组是做工业建筑的，要求底下两名实习生同时出方案竞争。

争的除了这个项目，还有容工手下唯一一个徒弟空位。

黎想在 1 组，2 组和她对衡的就是叶英武。两人考核实绩不相上下，都是研究生将毕业时一前一后进来的，算是明着较上劲了。

黎想平静地"哦"了一声："过个预选方案就这么大阵仗，我还以为范进中举呢。"

"噗——你这张嘴啊。"林汛被她的冷幽默逗乐，竖起一个大拇指，"对了，你的方案怎么样，稳吗？"

"稳。"她没犹豫地点点头，胸有成竹，"明天下午才是截止日期，急什么。"

分针在不知不觉中又转过一圈。

连续"叮咚"两声，黎想点开手机信息列表，第一条是何夫人的信息：周四晚上七点，别忘了。

第二条是经理发在工作群聊里的通知，是一条加班公告。

与此同时，办公室的经理赵颁推开门，摸了摸他在灯光下锃光瓦亮的小秃顶，发布喜讯般嚷道："大家都看见信息了啊？加完班去聚个餐，你们赵哥请客。"

格子间里大多数人都不满地叹了口气，但没人敢站出来表达怨声。

赵颁不到四十岁，仍觉自己是一枝花，冠冕堂皇地又问了一遍："重申一句，全凭自愿，聚餐完再去酒吧放松放松，有没有意见？"

叹气声更大了，女生们最烦和这位上司去酒吧。

"没有！赵哥英明。"只有叶英武勤快地接话，"加班到晚上九点以后回家还能报销打车费呢，我们公司福利多好啊！"

赵颁满意地指了指他："你小子。"

"经理。"黎想在一群虚虚的应答声中拎起包，站起来道，"我今天的事儿都做完了，就先下班了，那祝大家聚餐吃得开心。"

赵颁脸上的笑容淡了两分："你不去？"

"是的。"黎想坚持道，拿着手机向他走近了点，看似很给面子，可声音清晰，"早上帮您带的那杯丝绒拿铁三十九块钱。您看看是扫码还是现金方便？"

身后一群人向她投来敬畏的目光，老员工们的脸上互相交换着"还是年轻好啊"的讯息。

都说枪打出头鸟，偏偏大家需要这样的"勇士鸟"。

赵颁眯眼一看她那手机上的二维码，发觉这小实习生不仅在工作上从没因疏忽而让人抓过小辫子，就连催还钱的效率都挺高，格外有经验一样。

她居然体贴地弄了一张微信、支付宝两个收款码合在一起的收款图片。

赵颁还没说话，"狗腿子"叶英武生怕抓不住拍马屁的机会，开口道："黎想你也真是的，经理让你带咖啡，是看得起你！几十块钱还找经理要。"

黎想不紧不慢地将手机屏幕重新点亮："你这话就说得不对了，把经理说成什么人了。"

叶英武不明就里。

他哪说了赵经理是个什么样的人了？

黎想根本不往他岔开的话里跳坑，瞥了他一眼，话头又转回来："赵经理才不会欠个小实习生三十九块钱不还，更不会跟你似的不把三十九块钱当回事。经理，您说是吧？"

她一口一个"三十九块"，让人想忽视都难。赵颁脸上浮起假笑，给她扫钱时还得赞同："对，对。黎想你这'小牛犊'挺有意思的。"

黎想弯唇，弧度正好："谢谢赵经理。"

说她有意思真不是假话，身边接触过她的人都这么觉得。

这姑娘长得干净纤瘦，一双眼珠剔透清亮，透着股鲜活的学生气。做事却严谨得体，做人也挺有一套，看着好脾气，但触及原则一点也不让步。提要求都是笑着的，又有着同龄人所缺乏的那份从容和坚定，事毕还会甜甜地道谢。声音不一定有多甜，但表情绝对真挚得让对方挑不出任何毛病。

就比如说现在这个时候，黎想开了这个头，自然有人踌躇地跟上，毕竟打份工就为了那点钱："赵、赵哥，您记不记得前天晚上让我带了饭来着？一百零七块六毛，您给整数一百零七吧。"

"赵经理，上周聚餐，是我垫了唱歌的钱，您说您晚点转我的。"

"赵经理，我妈今天五十大寿，我加完班也不去聚餐了哈。"

……

打卡下班。

七月刚过一半，街头的风里夹杂着夏季的燥热，今天的晚霞已经渐渐消失，车水马龙的上空呈现一片克莱因蓝。

黎想记得这在摄影学上有个学名叫"蓝调时刻"，只出现在日落或日出之后约二十分钟的时间里。因为太阳在地平线下负四度到负六度之间时，大气折射会将光线染成神秘幽静的蓝色。

连续加了一个月的班，天天累到大半夜回家，无暇也没机会看到这样的风景。还有不到一周就要结束在 DK 的实习期，她突然觉得今天拒绝加班真是个不错的决定。

恰逢安清市的下班高峰期，道路上车来车往，一串猩红的尾灯连成长龙，一辆低调的黑色流线型的迈巴赫穿梭其中。

靠着后座椅背闭目养神的年轻男人穿了身休闲的美式卫衣裤，懒散地敞着长腿，一只手搭在中控台上，手臂线条紧劲有力。车内光线特意调至昏暗，他下颌窄瘦，五官朦胧中透出了一层漫不经心的冷感。

但前面的司机再如何控制音量讲电话，还是将浅眠的人吵醒了。

时差还没倒完，薄浮林皱着眉，因为起床气，脸上带着不悦，手已经惯性地按亮一旁的显示屏，调整空调温度。

司机察觉到动静，很快收线，从后视镜里看过去一眼："抱歉，是您母亲打来的电话，询问我接到您没有。"

薄浮林像是没听见这话，点开了手机地图，奋拉着倦乏的眼皮："超过我公司快半公里了，停车。"

车正好停在红灯前，司机的语气里有几分小心翼翼："夫人让我带您现在回家，说晚了赶不上饭点，不如明天再回您那公司？"

薄浮林抬眸，无声无息地看着前方，蓦地抬手："路口那女生看见没？"

前面路口，背着帆布包的女孩面露焦急，怀里抱着一只受伤的小猫。猫咪出血太多，将她身上那件白 T 恤都染红了一半。

她在拦车，大概急着去医院。

但路过的几辆车停下看清她的状况后，怕弄脏车或是其他原因，都拒绝让她搭乘，纷纷开走。

司机说："交警就在后面，过会儿就来了。"

"老周，人家交警日理万机的。你不看猫也看在人的分上吧，那女孩看着就跟你女儿差不多大，急得都快哭了。"男人一点也没把自己当小辈，玩世不恭地指责，"能有点同情心吗？"

司机被他说得嘴角抽搐，决定伸出援手："……那我现在去捎她一程。"

绿灯亮起，薄浮林让司机先将车靠边停下，满意地解开安全带："你去吧，我先下车。"

看见司机欲言又止的样子，他拉开车门，理所当然地懒声道："难道还指望我一起闻那血腥味？"

司机看出他还是要回公司的意图，面露难色："您这样……"

"我这样怎么了？"他鼻骨挺直，淡漠的黑眸里有几分晦涩不明，哂了声，"放心，我会跟我妈说的。"

别人眼里的薄浮林，是一位含着金汤匙出生、一路顺风顺水住在山顶的太子爷，从小到大都是人群里出类拔萃的存在。

他在麻省理工学院读的本科，斯坦福读的研究生。在留学期间光是随便创个业都能把公司干到上市，车库里三辆轿跑是靠自己炒股翻番买来的。

如今轻舟渡过旧金山，他刚毕业回来就准备接管庞大家业。

他这样的人，仿佛做什么都不为过。

黎想感觉今晚不幸中又有点幸运。她在去地铁站的路上目睹一只猫被撞飞在自己眼前，奄奄一息地盯着自己这个方向。

而肇事司机仗着那儿没监控，车速未减，逃之夭夭。

她抱着血流不止的小猫打车被拒绝了四次，快要心灰意冷时，终于来了一位好心人。

这车看上去就贵，车牌号又是嚣张的定制连号。虽然猜到车主不差钱，但黎想还是悄悄拿出了几百块当作打车费。

司机眼尖，阻止她："不用掏钱。"

"太不好意思了。"黎想尴尬地笑了笑，"麻烦您了。"

怕猫弄脏坐垫，她正襟危坐，脸上蹭到了两抹淡淡的血迹，头发也被风吹得有些乱糟糟。

司机态度友善道："顺路，不麻烦。"

刚说完，旁边车道有辆车不打招呼地加塞。司机紧急踩了下刹车，好在没出什么事，只有黎想放在后座的包摔落在地。

她那只帆布包没有拉链，耳机包、气垫和工作证等小玩意儿撒了一地。

她半俯下身，连忙一股脑儿捞起来塞进包里。

"没事吧？"司机尴尬地转头看。

"没事没事，您当心开车。"

捡完自己的东西，黎想看向旁边座椅上掉下来的一个双肩背包，后座灯光暗，她也看不清是什么颜色。

她没多想，一只手抱紧了猫，另一只手在裤缝处蹭了蹭，帮忙把包提起放了回去。

出车祸的小猫撞及胸骨，受伤严重。

黎想缴费拍完片子，它就被放在了宠物医院的观察室里。

没抱着一只鲜血淋淋的动物，黎想总算成功打到一辆车返家，虽然在车上免不了一路解释身上的血到底是怎么回事。

回到家时，室友还没回来，估计也在加班。

也好，她也懒得再开口阐述满身血的经过。点好外卖，黎想拿起一条睡裙进了浴室。

三个月前，她一边忙着毕业，另一边从各大设计院和建筑工作室的五份录用信中挑出了 DK，并发送了次日会去报到的邮件。

房子也正是那时候租好的。

安清市房价高不可攀，普通毕业生更没几个会租在市中心的商品房地段。即使她早就有之前本科实习和读研期间帮老板做苦力赚来的薪酬存款，但一个人付一个套间的房租还是吃力。

好在，她找到了和自己条件差不多的室友。

两人运气不错，相处几个月下来一切和睦。或许也有都在当"实习狗"的缘故，彼此忙到只有周末能一块儿在家做顿饭。

头发吹得半干，黎想将五分钟前送达的外卖拎到了房间的书桌上，打开平板电脑找了一部下饭剧点开。

她顺便瞥了一眼放在地上的帆布包。

上面的血迹已经干涸，她将包里的东西倒在桌上收拾了一下，一个薄而陌生的卡夹混在杂物中极其突兀。

黎想纳闷地捡起，发现里面有五张百元美金和两张卡。

她脑子里突然闪过一个画面——

在那辆车后座捡东西的时候……她好像捡多了？

她慌张地将那两张卡抽出来，一张是传说中"壕"无人性的美国运通百夫长黑卡，左下角有卡主的拼音名字，但她没认真看。

另一张是斯坦福大学的校园卡。

翻过背面，一张恣意轻狂的脸正对着她，黎想呼吸一滞。

几乎是一瞬间，她下意识自我怀疑地将这些东西都推远了点。出神须臾，她拿起手机解锁，窝在凳子上却不知道下一步该干什么。

横屏上一条通知闪过，是她一个月前心血来潮在某软件里的一条回答下有了新评论。

黎想点进去，那个提问比上月看时多了几百条回答，自己那条却不知道什么时候被赞到前三。

问题：你用了很多年的 ID 有什么故事？

我吃过饭了：上学那会儿，我和部分少女一样有个很在意的对象。

我和他吃过食堂的同一个窗口，在小卖部买过冰箱里同一格位置的冷饮，在人头攒动的篮球场上我踮脚找过很多次他的背影，午休时趴在课桌上和他吹过同一阵夏风。在沉闷无趣的青春期里，我也曾酣畅淋漓地做过一场关于他的白日梦。

他是香港人，高二转来内地和我读同一所高中。

我第一次见到他的时候，因为家里出了点事，正蹲在路边哭。

他可能是看见我身上穿着和他一样的校服吧，和我哭得跟两只核桃似的肿眼睛对视上时，就开口客气地（也可能是尴尬找话）问了我一句："你食咗饭未（你吃饭了吗）？"

那时候我太紧张，没来得及回答，不过其实我也没太听懂是什么意思。没想到六年过去，就一直没机会回答了。

首评：好可惜，现在也没见过了吧？这才是现实啊。

现实中，他在高三的寒假申请上麻省理工，在次年三月已经飞去美国入学。

可是黎想才不会告诉第二个人，她想办法找到了他在国外社交软件上的账号，看过他和一群人打橄榄球赛，也见证他打耳钉、在雪山玩翼装飞行的一段冒险中二期……

最新评论：后来呢？还有没有后来啊！

"后来……"字打到一半，黎想自己都难以置信地看着不远处的学生卡，喃喃自语，"六年后的今天，我捡到了他的卡夹？"

2

因入睡前盯着那张学生卡太久，黎想不可避免地梦到了学生时代的片段。

湿热的夏气蔓延在绿色苔藓里，红白相间的跑道上时不时有人穿梭而过，九点钟的朝阳明亮而滚烫。

年级代表正站在主席台发表获奖感言，显得一旁的校领导们像他的左右护法。

不过即使是平时最枯燥无味的环节，却也因台上那位少年太过瞩目而变得有吸引力起来。

年级第一：薄浮林。

男生身后是飘扬的校旗，高瘦身影浸在朦胧刺眼的日光里，有股拒人于千里之外的疏懒。他校服领口稍往外翻，袖子撸至小臂，正不紧不慢地念着演讲稿，口齿清晰，语速平缓镇定。

旁人丝毫看不出他带的那张稿子，是不明人士塞在他书桌里的情书。

黎想站在队伍前排，对着主席台。这个角度，对方抓着稿纸的修长指节和冷白皮上凸出的青色筋脉都一览无余。

这是她为数不多能在操场上聚精会神的时刻。

"喂！喂！"

一道麦克风的测试音打断了这里的平静。

校园"霸王"顽劣的声音从广播室里传至校园里各个喇叭播音器中："于好音大美女，能听到吗？我，高二（21）班段明昭，有些话想跟你说！"

操场上响起一片起哄声，被公开点名的女生是黎想班里的颜值和身高担当，正举着班牌站在黎想的侧前方。

她红着脸有些羞愤，好气又好笑。

"自从上学期我在艺术节的舞台上见到你……我——老师！您怎么还撬锁啊？"说话声被打断，对面聒噪的拉扯也被直播出来，"不是，好歹让我讲完——"

须臾，事故结束。

广播室大楼里，女老师气喘吁吁地回应道："发生点小状况，已经解决了，操场那边演讲的学生请继续！"

隐约还能听见段明昭在不远处的挣扎咆哮，全校躁动欢乐不已。

黎想看向主席台。

果然，薄浮林作为唯一还掌握话筒权的人，为兄弟加油的喝彩声如期而至，坏笑着来了一句："Bravo,bro.（做得好，兄弟。）"

……

在操场上大出风头的"校霸"和班花、主席台上诸多少女心中洁身自好的白月光，在他们同一届的青春故事里，大概都有属于这三个人轰轰烈烈的一页。

而黎想是最不起眼的NPC（非玩家角色）。那时她父母正闹离婚，两人总忘记给她生活费，青春痘、睡不够、暴瘦等毛病都缠了上来。

仔细想想，她在班里唯一的存在感是因为戴牙套，在这一年半里，她被叫过几个外号：钢牙妹、黎无敌。

后者取自一部老电视剧《丑女无敌》里的林无敌。

最惊心动魄的一刻，是她写着心事的日记本子被后排男生传阅，那本字迹密密麻麻的粉色笔记本飞到了正在打游戏的薄浮林的桌上。

他停下手里的动作，皱眉合上本子放在桌角："有意思吗？看人日记？"

那时班里一些男生都很听他的，见他这脸色就没敢再打趣。

黎想几乎屏住呼吸，快要无地自容。

她庆幸日记本上并没有写过他的名字。

整个高中时代，没人知道她有多关注薄浮林。

梦醒时分是凌晨五点，黎想渴得去客厅喝水。听见身后门锁扭开的声音，她呆滞回头，对上了室友邹思萱惨白困乏的一张脸。

"你还没睡？"邹思萱边换鞋，边照例打了声招呼。

"醒了，来喝水。"黎想看着她丧尸般拉开冰箱门的动作，同情地问，"你通宵了？明天……不对，今天不上班了？"

邹思萱灌了一口冰水，虚声道："我下午再去，上午补觉。"

"你们剪片子的也太累了。"黎想问，"之前不是说想要换个公司吗？"

邹思萱比她大一岁，本科毕业后进了一家小公司，剪片子一剪就是两年。后来公司倒闭，最近才找了这家大型传媒公司，可这份工作耗心神又总加班，迟早猝死。

邹思萱一直说想跳槽，只是拖来拖去总有各种理由搁置。

"现在毕业生这么多，秋招竞争太大，工作也不好找。我总不能再找个小公司浪费时间吧，万一又倒了呢。"她叹了口气，看向黎想，"你是应届生，条件又好，要是想找应该可以找个更好的。"

"我不是乱选的。"黎想大方地分享自己找工作的经验，"三年前我在创投平台上就关注了 DK，虽然它小又新，但背靠薄兆，前途无限。我研一那年，它正好就上市了。"

DK 虽然不出名，但薄兆是国内排行前几的大企业，在钢铁、房产、网络、娱乐等都有出众版块，能拿到这家商业巨头投资的小公司必定已经被考察过。

邹思萱惊讶："你在三年前就关注一家还在创业阶段的建筑事务所？"

其实在更早。关注到薄浮林开始创业时，黎想就在企业查里搜了以他为核心成员或企业股东的企业，在同名同姓里缩小地点和融资历程的范围，很快找到了他名下的DK。

但黎想并没想要说出实情。

看中DK有发展潜力是真的，因为薄浮林是创始人也是真的。

她耸耸肩："我关注的是薄兆这些大型企业。但大厂不好进，也缺乏个人的锻炼空间，所以我就退而求其次找了他们多次投资的黑马公司。"

邹思萱查过DK的市值，事实证明黎想并没选错。她不由得佩服："你好厉害。我毕业那会儿真是病急乱投医，哪想过还有这么多选择的方式。"

黎想微不可察地咬了下唇，想起还躺在自己书桌上的那个卡夹。

她确实没选错，看来薄浮林已经回国了。

楼梯间烟雾缭绕，安全门并没关紧，一群男人抽烟闲谈的声音飘进过道。离上班时间还有几分钟，大家都不慌不忙地闲谈。

黎想刚从洗手间回来，身后传来一道流里流气的口哨声，吹向的是与她同行的女同事栾云。

叶英武带着一身难闻的烟草气从安全通道口出来，打量着栾云JK裙下通红的膝盖，不怀好意地问："小云最近谈恋爱了吗？"

他怪异的语气惹得身后的其他男同事也心照不宣地笑。栾云个子小，又内向，支支吾吾一时不知道该怎么反驳。

"你应该也谈恋爱了吧？"黎想转过头真诚地问。

叶英武愣愣地看着她："什么？"

黎想表示理解地指着他下半身，但表情不掩嫌恶："难怪习惯性敞开裤链。"

她话说完，拉着栾云往前走。

身后的男人尴尬地拉拉链，骂了句，一片笑声的对象换成了另一个："叶英武你变态吧，还来公司'遛鸟'！"

"你是不是真谈恋爱了哈哈哈！"

黎想回到工位上还没坐稳，叶英武已经厚着脸皮追上来，半点没有边界感地靠着她位子，活像个"懂王"般开口："行了，黎想，你对我这么刻薄不就是还记仇吗？"

他会这么说是因为两人刚进 DK 时分到过同一个项目，他什么也没干，却白占了黎想的名额和功劳。

大学时期小组合作也有这种人，恬不知耻的人见多了，黎想倒也淡定："你这种人留在公司也是浪费工位，希望你实习结束后能投远一点的单位。"

"你怎么知道实习结束后就一定是我走啊？"叶英武轻蔑地笑了笑，"你还挺有自信。"

黎想冷眼看着他，没说话。边上的林汛在这时拉拉她的衣袖："监控那事搞定了，保安处说午饭那会儿能去看看。"

"什么监控？谁丢东西啦？"另一边耳尖的老前辈万澄问了一句。

林汛转过头回答："黎想，她的移动 U 盘丢了。"

万澄猜测："会不会是清洁工阿姨以为是垃圾啊，我上周那支电容笔也是这么被她扫走的。"

"谁知道呢。"黎想似笑非笑地看向叶英武，"也说不定是被什么人小偷小摸顺走了。"

后者白了她一眼，往后走："别是被害妄想症发作，交不出方案就自导自演。"

林汛摸了摸鼻子，凑到黎想边上："这哥们儿说话怎么阴阳怪气的，真丢我们土木工程男的脸！"

黎想眯眼笑着拍了拍他的脑袋："你们土木工程男有你这么个小可爱，放宽心，脸还在的。"

"嘿嘿！"林汛笑得唇红齿白，一脸正太相，"对了，我们昨晚都没去聚餐，八点半就下班了。因为中途来了个大帅哥，也不知道是不是上面领导的亲戚，经理谄媚得不得了。"

"大帅哥？"

"是啊，就跟我们差不多大，还请了我们吃夜间点心。"林汛晃了晃手里的笔，"可能过几天就会空降个关系户？"

黎想无奈地笑了笑。

午休后，项目1组和2组的人同时收到通知邮件：两点半在6号办公室开会。

全体落座，每个人手里都收到了两份方案的复印件，原件则放在经理赵颁的左右侧。他等了近五分钟的时间让众人阅读，然后看向他们问："都看了啊，有什么想法？"

黎想盯着手里的另一份方案，面色冷淡。

"这是我对这次佘山度假村项目设计的提案。"叶英武率先撂笔，一脸寻衅，"但我很好奇，为什么这份黎想的方案的大致核心和我的一模一样？大家都知道是我先交的，我的起稿时间也可以拿出来证明。"

一室鸦雀无声。

赵颁看向黎想："怎么说？你们到底谁抄的谁？"

黎想拿着电脑上前，在会议大屏上投了主页面："我U盘丢了，备份时间都在里面。刚去拷贝了前天的视频记录，还没来得及看。"

叶英武不满道："你自己粗心失职，还在这儿浪费大家的时间？"

黎想抬起清亮的眼睛，盯住他："你急什么，我以为只有贼才心虚。"

"行，你看啊！"叶英武无所谓地跷起二郎腿，下一刻看见画面里的自己时，却坐不住了，"黎想，你放的到底是什么视频？"

"今天上午九点，林汛说午休时能去监控室，要查我丢失的U盘。"她用手指了下视频左上角的时间，"十点二十四分，你就跑去了楼下监控室，真是巧合的时间段。"

叶英武脸上闪过一丝难以捕捉的僵硬，转眼变得更烦躁："只能你丢东西？我今天还丢家门钥匙了呢！这能证明什么？"

这话一出来，其他人的态度也有些模棱两可。

黎想缓声开口："这样啊。我还以为你是在那里看见了我的工位在监控中是死角，才这么肆无忌惮呢。"

叶英武紧咬不放："你没铁证就少血口喷人。"

黎想正要再开口时，突然看见会议室后面那道玻璃门被轻轻推开，有道挺拔落拓的身影走了进来。

男人右肩斜斜地抵着墙，格雷系高阶灰西装随着他侧身动作略收紧，衬出年轻人瘦削平直的线条轮廓。他眉眼漆黑微冷，带着几分与生俱来的上位者压迫感。

尽管他没好好站，但胜在仪态好，腿长腰窄，一副松弛又清贵的模样。

整间会议室此刻只有黎想是正对所有人的方向，也因此能将他脸上"看戏"的兴致望得一清二楚。

黎想强迫自己若无其事地移开视线，打开一份方案的原件，用马克笔在左下角注释那儿打了一个大圈："既然你谎话连篇，不见棺材不落泪。那能不能解释一下为什么你在用地红线规范那儿犯了个这么致命的错误？"

建筑学中为了避免新建建筑侵犯公共区域的空间，任何建筑都有用地规范，这是最基本的一点。

度假村这个项目的东南方向有间学校。按道理说，红线至少要退五米。

和甲方确定合作的交涉前，通话都有私密性。当时在场的除了总监、经理和他们的项目总建筑师容工，就只有他们两个记录了全程的需求。

黎想最初那份方案是压边做，不合要求，所以之后她才重做。

舍弃后，却让叶英武捡了漏。

这是一份建筑设计方案中最基础的一点，就连考核他们的赵颁都没注意到一份成型的提案会出现这种错误。

话说到这儿，已经真相大白。

就凭这一点，不管抄没抄，叶英武都已经被淘汰。何况还有那微妙的监控视频，大部分人都心知肚明。

黎想不慌不忙地逼问："还编吗？"

叶英武脸色难堪，大概是找不到任何说辞了，这会儿又被身后那道突如其来靠近的身影吓得差点没从椅子上摔下去："你、你——"

一群人往后看，前面的赵颁连忙站了起来。

薄浮林一手抄兜，懒洋洋地低眸，看着眼前结结巴巴的人，问："你上班不带脑子？用这种拙劣伎俩？"

3

办公室的门被关紧，连同百叶窗帘也密不透风，看不清里面发生了什么。林汛从门口佯装接水经过了五次，将听见的原话转达得活灵活现——

"拿着我的钱，请个废物进来？

"一份粗制滥造的大纲，和一份细致到女厕要比男厕多几倍隔间都写明白了的提案，你跟我说你怀疑谁抄谁？"

林汛一边声情并茂地表演，"啪"的一声将手掌拍在桌子上："赵老登！你这个月工资别想要了，滚出去给黎大美女道歉！"

栾云侧头，小声和身边的前辈吐槽："我觉得最后那句像是他自己编的。"

"这还用说？那帅哥看上去也不像会这么说话的。"万澄拿起文件夹，上前拍林汛的脑袋，"让你转述就好，谁让你这个倒霉玩意儿在这里自由发挥了？"

林汛被打得脑袋疼，躲到黎想身后："哎哎，别打了，我听不清他们后面说的什么，还不能替他说两句吗？话说这哥们儿到底什么来路啊？赵颁那水桶腰在他面前都快弯成九十度了！"

"你们不知道？咱DK创始人啊，叫薄浮林！这公司都是他的。"

有人惊呼："这么年轻？富二代吧。"

"富了不知道有多少代！"爆料的"万事通"语气神秘分分，"这哥不仅家里牛，自己也争气。斯坦福商科毕业，读大三那年就创立了这家公司……"

隔壁几个项目组都过来吃瓜，一群人你一嘴我一嘴地共享老板信息的边角料。

他们不清楚DK实际控股人是谁也正常，毕竟DK当年在港交所上市时，薄浮林连钟都没去敲。

回国后，他无疑要应付接连不断的应酬、学着接管家里企业，能抽空来趟自己的小公司视察已经算不错了。

黎想没有参与办公室的八卦，坐在工位上打开电脑，手放在键盘上却没动，反复回想刚才在会议室里的那一幕。

自己表现得挺好。

但他看见她的那一刻在想什么？他肯定不记得她了。

平心而论，六年说长不长，也说短不短。

长到足以让黎想从一个怯懦自卑的"牙套妹"变成外人眼里落落大方的小女神，可是也短到让她觉得时间还不够久。

否则为什么多年不见，她对薄浮林还是如此迷恋。

只在一棵树上吊死，这可能是她性格里天生的执拗。

"黎想！想姐！"林汛一张俊脸凑到她面前，咧开一排小白牙笑，"是因为脑子里总在想东西，所以才叫黎想吗？"

黎想伸手，蹙眉戳开他："干什么？"

"老赵叫你进去。"他指了下办公室，"怒遁厕所二十分钟的叶英武已经进去了，这么不光彩地被开除，估计连推荐信都没有喽。"

黎想站起来看着项目经理办公室已经被拉开的百叶窗帘，里面只有两个人："薄浮林呢？"

"你怎么喊得这么自然顺口？我刚还在说他这名字不好念呢，这哥小时候应该从来没被人用名字取过外号吧，我都想不出有啥能和这三个字挨边的。"林汛啰里啰唆，做了个手势，"他刚走了，拿了一沓年报还是什么文件就出去了……"

话没说完，赵颂大喊了一声："黎想，怎么还没进来！"

黎想往那边走，正好和垂着脑袋回工位收拾东西的叶英武"狭路相逢"。叶英武还是一如既往地输不起，恶狠狠地对她骂了一句："心机鬼！"

"面试那天，你故意给一个差点迟到的女孩指错公司的电梯入口，我那时就觉得你心术不正。"黎想顿住往前走的脚步，蔑视又平静地道，"垃圾。"

赵颂没少被叶英武巴结，不是被请喝酒就是被拍马屁。谁不喜欢上道的跟屁虫，他平时自然会对这种后生多照应些。

但他这次也没想到薄浮林会突然过来。

被一个能当自己儿子的年轻老板骂得不轻已经够丢脸了，晚点还要去顶头上司罗总监那里负荆请罪，对这起实习生考核事故写检讨书。

赵颁火气正旺，对进来的黎想一通输出："这次确实让你受委屈了，是公司管理层做得不到位。不过你也有不对……还记不记得上一次你和叶英武一起写的策划案？我知道他抢了功劳。"

黎想猛地抬头，看着他。她记得自己也提过这件事的不公平，但当时他可不是这样说的。

赵颁面色如常地说："但那也是你的问题。"

"是我的问题？"

"不是说是'你'的问题，而是'你的问题'。"赵颁手交叉放在腹前，敲了敲她的方案文件，"你和他沟通过吗？一个建筑设计师如果言语表达不行，和组员都交洽不来，那要怎么给甲方演示？你在一个团队里可是 leader（领导人）角色。看来你的组织能力也还有待加强。"

在学生时代的小组作业里，她遇见摆烂的组员，一般都是选择自己扛大头，高绩点也是这么熬出来的。

但叶英武也算是给她上了一课，职场确实不能这样。

从办公室出来，黎想看了眼自己工位上的包。她选择碰运气，按了去地下一楼停车场的电梯按键。

车里亮着灯，主驾驶位上的男人正漫不经心地看着手里的材料。看完后，他顺势拿起了放在一旁的几份简历。

"黎想，同大建筑与城市规划学院毕业，直研生。本科 GPA（绩点）4.22，硕士学位 GPA4.36。

"在三个设计院实习过，做过两个项目的驻场建筑师。连续拿过两年国奖以及 UIA– 霍普杯国际大学生建筑设计竞赛一等奖。"

在这个行业，她确实算得上是新人里的佼佼者。

……

很久之前，黎想就明白一个道理：像薄浮林这种从小傲气到大的公子哥，车都一定与众不同。

因此她几乎没费多大劲儿，就在 1B 区 23 号车位找到了一辆保时捷。

黎想敲了敲副驾驶这边的车窗，微微俯低身。

车里的薄浮林戴着一副无框眼镜，镜架靠高挺鼻骨悬着，镜片隐约反射了点橙黄色灯光在他柔软的薄唇上方。

明明是很平常的动作，却无端有几分散漫的冷淡。

他撑着胳膊肘抵在车窗口，冷白修长的手指支着脸，听见动静后往她那边睨了一眼，另一只手不紧不慢地将简历合上放在一边。

他并没有先开口，而是在等她的下文。

黎想把脸颊边的几丝碎发捋到耳后，自我介绍道："你好，我叫黎想。"

薄浮林点头，他不至于记性差到忘记刚刚才见过的人："什么事？"

背在身后的一只手有些紧张地扯着裙子的下摆，黎想嘴角微微含笑："你的卡夹在我这里。"

"嗯？"他没料到她会说这个。

"解释起来有点麻烦。"她尽可能地简述，"好巧昨天是你的车送我带猫咪去的医院。路上，突然急刹车，我当时手里抱着猫，包里的东西全撒了。你放在后座的背包也掉了下来，应该是那个时候拿错的。"

薄浮林反应过来，看着她那张脸，懒悠悠地"哦"了一声："你是昨晚那个抱猫的？"

"你见过我了？"黎想把心里话也讲了出来，"我还以为是你司机主动帮忙，原来是你允许的。"

男人的黑发细碎地落在额前，轻轻抬了抬眉骨，懒慢地拖着尾调："啊，我家司机人倒也挺好的……那猫救活了？"

"救活了，只是骨折了，还在医院里。总之还是多谢你。"黎想抿抿唇，"还有多谢你家司机。"

他敷衍地"嗯"了一声，并不在意。

"卡夹里的五百美金和你的信用卡、学生卡都在，但我不知道今天能见到你，就没带来公司。"

薄浮林指尖轻敲方向盘，带了点审视的意味看向她："刚刚我在公司的时候你怎么不说？"

他这语气，像是把她当成找准机会特地来搭讪的人。

虽然黎想确实是，但她还是故意表现出来了点脾气："您是DK总裁，我是DK还没转正的实习生。我不想让同事产生误解，也不想在公司聊自己的私事。"

有点像刺猬，从"你"都变成"您"了。

这冷硬的语气，让薄浮林莫名想起她刚才在会议室质问那男人的强势样。明明长得恬静，红唇乌眸，穿着长裙子跟朵小白花似的，没想到能一秒钟切换成孤冷傲口模式。

他被她的反差戳到笑点，微不可见地勾了勾唇："抱歉，是我没想到这点。"

"下次见面还给您。"

她并没有对他的冒昧和道歉给出任何回应，微微颔首，得体地转头离开，没再回头看。

只是挺直腰杆往前走的时候，黎想脑海中想到当年他们高中教学楼大厅里有一架钢琴，她看过他在那儿弹了好几次一部老电影里的钢琴曲。

那首曲子叫《不能说的秘密》。

从琴房到教室总共一百零八步。

黎想走向薄浮林，用了六年。

下班前，室友邹思萱发来两条信息。

第一条是一家酒馆的地址定位。

第二条：分手了。晚点我要是没回来，请来捞尸。

邹思萱同黎想讲过她和男朋友的恋爱，两人从高中毕业走到一起，熬过了大学四年异地。后来她参加工作，男朋友保研，两人继续异地。

今年男生毕业，找工作也不顺利。

邹思萱想让他来安清市，可是男生那边有去当地企业的内推名额，并不想来一线城市"卷"。

两人吵吵闹闹近两个月，这段恋情总算有了大结局。

……

黎想打车到酒馆的时候，天刚黑。

职业病缘故，她初到一个新地方会先打量建筑风格。

这间酒馆之前在网上被许多网红打卡过，颇具小资情调，音乐是悠缓的《高山流水》，配上中间有道曲水流觞的假山石块，外部门窗都是红漆木制，挂着几个古色古香的红灯笼。

座位也极具隐私性，四人座居多。

挡板很高，黎想一米六四，坐下来却只能看见前面那一桌人染的黄毛。

桌上是一份小食拼盘，空了两大杯鲜啤，泡沫还挂在杯壁。黎想没吃饭，叫了一份肉酱面和两瓶韩国烧酒，递过去一瓶："来吧，今晚陪你不醉不归。"

邹思萱喝酒极其上脸，红得还以为灌了很多。她吸吸鼻子，一直没说话，低头又灌了一口酒。

"我刚在网上看了个笑话。你知道'木兰替父从军'的近义词是什么吗？"黎想撑着脸看她，说，"是'马尔代夫度假'哈哈哈哈哈……哈哈！"

邹思萱面无表情。

黎想尴尬地摸摸后颈："很冷吗？"

"你说呢？"

"不好意思，我不太擅长哄人开心。"黎想硬着头皮，企图以惨换惨，"仔细想想你比我好多了，我还没谈过恋爱呢。"

邹思萱冷哼一声："骗鬼，你长这样说没谈过？"

"我以前不长这样，我以前那样子……简直是长了张'防早恋'的脸。"

为了证明自己说的是实话，黎想打开自己多年没用的 QQ 空间，翻出一张古早照片给她迅速看了眼。

邹思萱打量着她，伸手捏了捏她俏丽的鼻子和下巴："哪家医院做的？"

"没做。"黎想被捏笑了，"那时候戴了牙套，成天驼着背，只知道念书，在班里的存在感几乎为零，到现在会常联系的同学也没几个。"

有喜欢的人也不敢表白，到大学会打扮了，也有人追，她又对那些追求者提不起心思。

"我感到平衡了一点。"邹思萱看着黎想，又回到现实，"但我也没好哪儿去，就谈过这么一场恋爱，还没谈好……我在想是不是真的是我做错了，要不我去他那城市算了。"

"他要考公，所以留在那儿，但你不是总说你不喜欢他那个城市吗？"黎想替她分析，"你这个专业在小城市也不好找工作吧。"

"可我不想分手，没人爱我了。"

"醒醒吧。人只会因为有价值而被爱，才不会因为缺爱而被爱。"

邹思萱也就是口嗨。她是本地人，不可能离开家去到西南那么远的地方。

但她皱眉："你今天怎么一套又一套的？跟恋爱专家似的。"

"我最近想追男人。"黎想笑了笑，"刚下单了十本教我谈恋爱的书。"

邹思萱喃喃："理工女真可怕。难道你有目标了？"

"有啊。可能和他谈恋爱会有点难，但我可以把要求放低一点。"

"你只馋他身体？"

"嘘！文化人的事情怎么能说得这么肤浅？都市男女，自由发展。"正儿八经地说完，黎想又没忍住笑起来，"不过要是能有机会，不睡白不睡。"

后面那一桌。

薄浮林好整以暇地往后靠，抱臂，若有所思地看着她的后脑勺。

4

"看什么呢？给你发消息也不回。"郑怀安从后院进来，坐到薄浮林对面说，"我和老板还在后面等了你一会儿。"

薄浮林若无其事地收回目光，低睫，端起杯子里的酒抿了口："没喝完怎么走？"

郑怀安瞧出他的敷衍，也懒得揭穿，望了望人声沸腾的室内："这一带确实不错，人流大，我家小雪挺有眼光。"

小雪指的是他妻子岑雪，郑怀安算是他们圈子里唯一一位英年早婚且婚姻美满的。两口子如胶似漆，羡煞旁人，也成功成为长辈们心里的模范小夫妻，每逢提起商业婚姻总要拿他们这对举例。

薄浮林早就从他那儿吃了不少明里暗里投喂过来的"狗粮"，见怪不怪，懒散地侧眼问："就这两条街？"

"从十字路口那边过去就是商用大厦，成本会偏高，全盘下来也太兴师动众了。"郑怀安斟酌着，下定论，"这两条商业街倒不贵，正适合她自己经营练手。"

傍晚五点到晚上八点是酒馆顾客最多的时间段。室内有两层，十几位服务员穿梭在各条过道之间送酒上菜。

耳边聒噪嘈杂，薄浮林往后瘫靠着椅座后背，看见前面那桌的女孩抬高手挥了挥，是在喊服务生过来。

明明她是来安慰人的，自己却喝多了刹不住嘴，一直咕哝个没完，又叫了一打科罗娜冰啤。

郑怀安没注意到他的分神，把桌上剩下的那杯酒一饮而尽，起身催促："我们该过去了，人还在后面等着。"

"你别喝了，是你失恋还是我失恋啊？"邹思萱很无语地拿起筷子敲了敲黎想的脑袋，"小酒鬼。"

黎想皱皱鼻子，神态认真："当然是你失恋。我今天还挺开心的，这是庆祝。"

"就因为下单了十本谈恋爱的书啊？你真是书呆子吧。"

她碰了下邹思萱的酒杯，老神在在地说："提前掌握理论知识有什么不好的？况且我已经万事俱备，只欠东风了。"

邹思萱笑了一声，说："不过，你最近确实桃花运来了。我刚起身去洗手间的时候看见你后边有个大帅哥一直盯着你，还以为他要过来呢。"

"大帅哥……谁啊？"黎想很有好奇心地往后看。

但后桌只剩下服务员在快速收拾桌子，正让新来的几个客人入座。

"早走了，好像是往后面走的。"天南地北地聊了会儿，邹思萱也没一直沉迷自己那段恋情，问她，"你先别喝，继续说说你那小目标啊。"

黎想打了个酒嗝，想起白天在停车场里发生的事情，傻笑起来："小样儿，被我搭个讪还挺有警惕心的。"

邹思萱听得疑惑："你找他搭讪了？"

黎想真喝多了，自顾自地勾唇："没想到吧，我还真别有用心！"

……

在酒馆喝太多，最后黎想是被邹思萱丢进出租车一起带回来的。她躺到床上睡觉之前还听见这位室友在碎碎念，交代她记得刷牙和洗脸。

再睁开眼时，已经是第二天早上的八点半。闹钟响了最后一遍，胃里一股难闻的酒味涌上来，黎想直奔洗手间洗漱。

她平时是九点钟准时上班打卡。

邹思萱通勤时间比她长，半个小时前已经离开。

等收拾完，黎想简单地化了淡妆，也不打算去地铁站了，边用手机预约打车边乘电梯下楼。

只是，现在是上班高峰期，车一直没打到。

这时，一辆丰田埃尔法停在小区大门门侧，还没等她走近，司机已经下车，看向她鞠了个躬，打开了副驾驶的车门。

黎想一个紧急转身想回头，被司机立刻喊住："黎小姐！您上班快要迟到了。"

她略显憋屈地上了这辆商务车的后座。

车缓缓驶入大道，司机过了片刻适时开口道："何总交代我晚上来接您，您看看什么时间合适？"

"不用来接了。我记得今天是周四，我会自己过去的。"黎想看了眼后座放着的两个礼袋，"这些是给我的吗？"

司机从后视镜里看了眼，点头："是的，何夫人交代您请记得穿高跟鞋。"

车没有往地下停车场走，而是在离公司不远的咖啡厅门口停下。黎想道了一声谢，看了看离上班时间还有四分钟，提着两个礼袋小跑着过去。

她刷卡通过关闸，及时伸手拦住正要合上的电梯门，才发现里面只有一个人，是她的经理赵颂。

上班快迟到，还碰到上司一起进公司的感觉真是五味杂陈。

黎想含糊地打了声招呼："经理早。"

赵颂笑眯眯地打量她手上那两个奢侈品袋子："第一次看你来这么晚……没想到啊。"

她有些愣怔："没想到什么？"

"行了别装。"赵颂抬了抬下巴，"我可都看见了，咖啡厅门口那辆车要上百万吧，开车的那人年纪比我都大。"

他就差把"原来你是这种傍大款的女孩，我的眼睛就是尺"这一行字挂在脸上了。

黎想神色温和，不咸不淡地低声道："'有些人的恨是没有原因的。他们平庸、没有天分、碌碌无为，于是你的优秀、你的天赋、你的善良和幸福都是原罪。'"

赵颁凑近了点："你在念什么呢？"

"东野圭吾在《恶意》里的一段话。"黎想扭过头，微微睁大眼睛，"您没怎么读过书吗？"

"上一个造我黄谣的人已经留了案底，高考都没能参加。"黎想看向他，"经理您虽然一大把年纪了，但以后乱说话还是得慎重一点。"

话说完，电梯门打开。

黎想微微颔首，面色不改地走了出去，完全没管后面的男人气成猪肝红的一张脸。

她刚把两个礼袋塞进自己工位下面，万澄借着泡咖啡的工夫就凑了过来："你刚怎么和老赵一块儿上来的？"

"我今天起晚了。"

黎想解释了两句，不解地问她怎么这么紧张。

"我能不紧张吗？你一小姑娘家家的。"

万澄是公司里的老前辈了，从DK成立初期进来干到现在。她看了眼紧闭的办公室，谨慎地道："算了，我中午吃饭的时候再跟你说。"

但她压根没憋住话，拉人上厕所那会儿就和黎想讲了公司内部几个实习生的事。

"上周隔壁建模组那本科实习生小香，还有联外部的那红头发女孩记得吗？"万澄压低声音，"听说这两人前几次聚餐后都跟老赵去了酒吧玩，又是被灌酒，又是被塞房卡什么的……回来一聊，才知道之前有实习生也被他这么骚扰过，还专挑新人欺负！"

黎想微滞："有出事的吗？"

"真出事的已经被他弄离职了吧！我们组一共二十来个人，你和栾云是最有可能被他盯上的。"万澄细数原因，"你俩都年轻漂亮，又是即将转正的新员工。小云最近谈了个对象还好点，你可千万要小心。"

黎想有点犯恶心，心里盘算着事："谢谢澄姐提醒，我知道了。"

晚上下班时，黎想照例到点就走。

部门两大设计组里的建筑师这一空位在一开始只招了她和叶英武，明天是这周的最后一天，不出意外她会收到转正的邮件通知。

在一楼卫生间里换好了礼服裙，她打了一辆车去往宴会目的地。

何母给她挑的裙子并不夸张，但也足够奢华上台面。这是一条波光粼粼的贴身白色连衣裙，下摆鱼尾的弧度随着走动摇曳生姿，胸口用流苏点缀着。

因为是吊带裙，黎想索性把长发散落下来垂在肩侧，顺便披上了自己的外套。

宴会在何家的一家市厅酒店举行，还没走进去就已经能听见琴音和人的交谈声。

大厅正中央是许愿喷泉，墙上挂着九幅中世纪的油画。角落是一架施坦威钢琴，雕花架子的花瓶里摆着新鲜芬芳的白玉玫瑰。金黄色浮雕镂空的天花板上坠下几盏收放型水晶灯，灯的灵感取自阿姆斯特丹博物馆的跳舞水母。

没人比黎想更清楚这里的设计装修。

因为她父亲黎须平，曾是何家旗下好几家星级酒店的建筑师。

但在她高考前不久，建筑空楼因一建筑工人不合规生火取暖导致火灾。作为驻场总建筑师的黎父本来有希望逃生，却因救人而丧失了逃出来的机会。

火灾事故发生后，何家给予了黎想母亲一笔赔偿金，对着媒体的询问落下眼泪，说很感谢黎建筑师舍己救人。

或许是为了维护何家的社会地位和公众形象，何家还建立了一个以黎父为名的慈善基金会，也对外允诺会一直扶持资助黎建筑师的女儿上学。

但其实黎想真的不太需要他们的帮助，更不想喊何家夫妇干爸干妈。

只是黎母收了何家的赔偿，她自然也不可避免地要和何家常来常往。后来黎想母亲在她大二那年再婚，她就更少回何家了。

人家儿女双全，本来也不是多诚心想要一个干女儿。

但每逢大型宴会，何夫人还是会让她过来。黎想看在那个以自己父亲为名的基金会的分上，也不太好拒绝，毕竟是做好事。

进了宴会厅，黎想被安排好的侍应生带到了何夫人面前。女人披着一件皮草，盘发精致，只有眼尾的细纹暴露了年纪。

她正在和一对金婚夫妻闲谈。

那对夫妻眼尖地认出黎想："哎，这姑娘是那位的女儿吗？"

何夫人温和地点头，把人牵过来："今年研究生刚毕业。比我家宝珠会读书多了，也是读建筑。"

黎想对这种场面见得多，顺从地问好。

对方看了看她，笑着拍拍何夫人的手："你也是心善，体面人，把别人的女儿都栽培得这么好。"

何夫人笑了笑："别说这些，都是我应该做的。"

等人走后，何夫人不动声色地把黎想肩上那件格格不入的外套脱下来丢给侍应生，对她身上斜挎着的链条小包多看了一眼。

似乎是忍住了，没一起拿下来。

她拉过黎想的手亲昵地问："想想，听宝珠说你已经在实习了，工作还顺利吗？"

何宝珠是她女儿，但黎想和她家里这位千金合不来。想想也知道，谁愿意家里多一个外人。

黎想只乖巧地答："还不错。"

"看看你都长这么大了，女承父业，让人看了都欣慰。你何叔叔还总叫你来家里吃饭呢……"

何夫人拉着她在宴会厅转了圈，给好几位眼熟的商圈叔伯们敬完酒，发挥过她露脸的作用，才准许她四处逛逛。

其实也是因为正好有贵客来访。

她身边不需要黎想，而是挽上了自己女儿的手上前介绍。

黎想端了一杯鸡尾酒，自行走到角落的阳台处。

远远看着何夫人拉住穿着长裙的何宝珠上前，一脸笑盈盈的满意模样，她踮脚往人群里看，才看清被簇拥的人是谁。

被一群中年长辈拉着自家娇娇女围上去的还能是什么样的人？无非是他们圈子里的年轻才俊。

比如：薄浮林。

他在这种场合里总是游刃有余，做了个介于偏分和背头之间的发型，西装外套布料垂顺，领结颜色偏冷感，整个人挺拔又帅气，谈吐大方，衬得周围那圈同龄的后生们都黯然失色。

他身边有位雍容华贵的女人陪着，拎着一只两百多万的鳄鱼皮包。她随手将包交给从旁经过的侍应生，气场很强。

两人眉眼相似，看着应该是母子。

黎想不是不珍惜这种偶遇机会，但觥筹交错的宴会厅显然不适合她上前。她索性从包里掏出手机，打开小游戏打发时间。

等晚一点，她再溜出去。

"有没有喜欢的？"薄母让薄浮林弯腰，帮他拨了拨额发，"刚才那些太太都对你很满意。"

薄浮林笑了一声，说："太太们不是都结婚了嘛，对我满意有什么用？"

薄母轻打他的手臂："没个正经！我是说她们的女儿，个顶个漂亮。有没有想发展的？反正你这么多年也没谈个恋爱。"

"妈，我谈了也不一定就跟您说啊。"薄浮林慢腾腾地开口，"给您儿子一点私人空间行吗？"

薄母看着他这吊儿郎当的样，还没说话，他又搭着她的肩往前推，散漫地懒着声："好了。我喝多了去吹吹风，您先应付着啊。"

薄母一转身，看见正好是何家人带着女儿过来了，不由得低嗔了他一句。

……

宴会厅大堂的阳台是法式风格，往外扩出了一小块地方，墙上是玉雕花，一道珠帘落下。

几个阳台靠得近，薄浮林走到一个帘子前没人的阳台。

也是稀奇，宴会上还有人跑出来玩手机。

边上那女孩手机屏幕上显示着《纪念碑谷》，她似乎对这种几何空间类的解谜游戏格外得心应手，通关极快。

但最后两个关卡是图腾复原，上了难度，她卡在那里重来了两次。

第三次时，薄浮林没忍住出声："走岩浆那儿。"

"哦，对！"黎想被提醒了一句，下意识地点点头，踩着城墙从岩浆里进去，画面总算改了，表示成功。

她脸上露出个笑，后知后觉地发觉那道声音很熟悉，便抬头看过去。

男人懒洋洋地靠着扶栏，后衣领稍翘起，半截冷白的脖颈浸在夜色里，棘突明显，西装撑出平直瘦削的肩线。

两双黑白分明的眼睛在同一时间对视上。

薄浮林也有些诧异。

但下一秒看出她面无表情想装不认识要转身的动作后，他语调变得阴森森："黎想，你跑一个试试。"

Chapter 2
白兰花

抓住落下的花瓣就会相爱。

1

他喊她黎想。

薄浮林居然记住她的名字了。

窃喜代替上一秒想要逃离的理智，黎想有点惊奇，迟疑地慢慢转过身，尴尬地问好："嗨。"

薄浮林终于认真看了眼她今晚这一身打扮，清瘦的指骨搭在靠近她这侧的扶栏上："你在这儿干什么？"

黎想老实巴交地回答："玩游戏。"

"我是说，你为什么会在这儿？"他往后指了下宴会厅里流动的人群，猜测道，"你也跟着长辈来的？"

"不是不是！"黎想生怕他误会，但也并不想把自己家那点事全盘交代，只好挤出一句，"我是来当服务员的……但没应聘上。"

DK 给建筑师开的薪水有这么低，还需要员工出来兼职才能养活自己？薄浮林沉默了一秒，轻笑了声，散漫中带点戏谑的意思："那你刚见到我跑什么？"

"我怕您喊我加班。"

或许是自己都觉得这理由太拙劣，黎想低着眼皮想出另一个转移话题的方式："……卡夹，还要吗？"

薄浮林瞥着她："在身上？"

"在公司——"

好吧，还是要回去加班。

但黎想觉得自己赚了，加班不仅有加班费，她还搭上了薄浮林的顺风车。

小薄总的车实在太多，回国这几天已经换了第三辆，这次他开的是一辆较为低调的灰色帕拉梅拉。

她坐在副驾有点无所适从，没话找话道："谢谢您送我一程。"

"不用谢。"他懒洋洋，一副心情不错的模样，"反正你也是去替我卖命赚钱。"

打工人黎想无话可说。

霓虹车灯在他们身遭铺满，快速掠过的橘红色灯影像是将夜景浸在胶片老电影里。玻璃窗稍稍敞开了点，能听见呼啸的风声，填充了彼此没交谈的空隙。

薄浮林晚上开车有戴眼镜的习惯，扶镜框的动作也有股禁欲的味道。

车停在红绿灯路口，他伸手将西装外套里那件鸦色衬衫上的领带稍稍扯松，下颌尖尖的，克制又斯文败类的形象若隐若现。

黎想余光不断地往他那里看，下意识地吞了吞干涩的喉咙，好犯规，能不能别再散发魅力了。

她那教谈恋爱的十本书还没送货到家，所以她暂时在理论上毫无经验。

这样的观测距离，让黎想想起高中运动会站队那会儿。她因为个头不算高，被分在了第三排前列，每次向右看齐时就能看到他棱角分明的侧脸。

时间溯洄，他还是没什么变化。只是气质更锋锐、羽翼更丰满了。

察觉到身边人紧追不舍的目光，薄浮林突然开口问："区别于母婴室的其他婴室是什么意思？"

"啊？"

黎想差点没反应过来，他聊的是她上次度假村项目方案里的内部商场建设建议。

她收回胡思乱想的思绪，回答道："如今国内大规模商场里的洗手间都配备了母婴室，但也欠缺考虑，有父亲或者老人单独带孩子出行的，这部分人进母婴室其实很不方便。"

"不方便在哪儿？"

他像是随机考查的面试官。

黎想正襟危坐，神态认真："做这个项目的提案之前，我逛了本市三家大型商场的洗手间。母婴室里全是空旷的空间，有宝妈坐在长椅上哺乳。被陌生小孩和女性看见也就算了，但带着孩子进去的还有成年男人，甚至有一部分男性在里面抽烟。"

像是被她说服，薄浮林点了点头："可操作空间大，但可实践性低。"

黎想不解："为什么？"

"缺乏专业性管理。"他说着玩笑话，"你信不信就算多个'父婴室'，也只是多个抽烟房？"

"……好吧。"黎想承认，"您对这类劣根性人格还挺了解。"

"你不试着反驳我吗？"车停在停车场，薄浮林并不急着上楼，转过头看她，"我刚才是站在甲方角度对你提出质疑，我并不专业。但你应该坚守自己的方案，能不能做到别出心裁是你的任务，但能不能让功能施行不归你管。"

黎想愣了一下，大概是没觉得自己能反驳老板。

"还有，上次在这儿，是我弄错了。"他的视线落在她脸上，五官隐没在半明半寐中，低笑着说，"什么时候能把'您'字改了？"

本来前面说话还挺正常的，但说个"您"字就特别阴阳怪气。

她试图掩饰这个刻意的字眼不是在闹脾气，囫囵一句："我这是表示尊敬。"

薄浮林："我记得我跟你同岁。"

很正常的一句话，他完全没注意到无形中打击到她这个相差甚远的同龄人。黎想挫败地道："我知道了，会改的。"

他们回公司的时候，办公楼里果然还亮着灯。DK的办公区分为上下两层，占据这座大厦的二十七楼和二十八楼。

黎想所在部门在二十八楼。

薄浮林让她先上去，自己走出电梯先去一趟二十七楼逛逛。

她问为什么。

"你之前那句原话是什么来着？"他做出思考的模样，有些为难地重复她的话，"'不想让同事产生误解'。"

黎想羞耻得头皮发麻，力不从心地在电梯门关上之前跟他挥挥手："老板待会儿见。"

这会儿已经将近八点半，项目部的人在赶工重做被甲方那边打回来的方案，见到薄浮林也没太大的反应。

每个人都忙得焦头烂额，工位变得又脏又乱，纸板乱飞，怨气比鬼还重。

薄浮林是在五分钟后上到二十八楼来的，看见自己的卡夹被放在黎想工位左上角的位置。

黎想趁人不注意，向他指了下那儿。

下一刻，她迅速回到大部队里，打开电脑上的CAD（制图软件）一起作图。

收到"失物"后，薄浮林没急着离开，而是在模型陈列展览区看设计作品。

大老板虽然没有大张旗鼓地走在员工区视察，但他站在不远处的压迫感也让整个开放工作区域的气氛变得压抑了点。

"Fulam！"

总监出来喊了一声他的英文名，把人请进了办公室。

外面的一群人如释重负。

黎想在专心拉体块的时候，闻到了来自模型制作室里切割纸板的糊味。

一抬头，看见总监、经理和总建筑师三尊领导层"小佛"都在那里头陪着薄浮林这尊"大佛"玩泡沫切割机。

刚开完会的隔壁组大壮一边重做城市设计导则，一边对高层的悠闲抱怨道："他不是学商科的吗？哪懂我们建筑，在这儿玩什么呢？"

"老板玩得开心就行，管他懂不懂啊！"林汛随口接了句，"他要是看得懂，我们得更忙了。"

"他多少是懂点的。"黎想在一旁忍不住小声辩驳，"薄浮林在本科大二之前都一直是学建筑，后来才转去了金融专业。'DK'这名字也是他取的，全称是德语的 Dritte Kunst，意为第三艺术，建筑就是第三艺术。"

她甚至清楚薄浮林高中申请麻省理工学院那年也是申请的建筑系。

当时还需要提交作品集，也就是说他在高三的时候就已经掌握了建筑学知识，早就会最基础的手绘草图和构建剖面。

大壮惊讶："是吗？你怎么知道的？"

黎想裹紧外套试图掩饰发红的脸，随手指了下另一处正在修改立面图的几位前辈，甩锅道："听说的。"

工作群聊里，总监发了条信息：@全体人员 茶餐厅夜宵，下班前想吃什么？大老板请客。

果然这话一出，大家的怨气都少了几分，一言一语地开始休息点餐。但意外发生在下一刻，建模组的石香突然哀号一声，捂着肚子让人叫救护车。

意外发生得太突然，总监赶紧先开车把人送去了医院。

经理和石香的组长在沟通员工的具体情况，薄浮林大抵也是第一次经历这种事情，坐在一旁压着桀骜眉眼听他们的解决措施。

今晚的班也没加完，剩下的人稀稀拉拉地收拾东西准备回家。

万澄拉着黎想在茶水间清洗杯子："我听他们那边有人说，是怀孕了。"

联想到她之前告诉自己的事，黎想瞥了眼外面赵颁那副衣冠禽兽的样子，还站在那儿冠冕堂皇地安抚众人。

"他会负责吗？"

"你傻了？"万澄无奈地摇摇头，"小香也是个傻孩子。"

早过了下班时间，黎想已经算是最后走的人之一。她下了电梯，刚出大厦，就被眼前开过来的那辆灰色帕拉梅拉一声车笛吓了一跳。

车窗缓缓降下，薄浮林侧过身，手里捞着一条她落在副驾驶的手链在她面前晃了晃，并没先开口说话。

大概是碰壁一次之后，怕再落她话柄。

黎想上前接过那条手链，微微俯身看向他，表情极为真挚："不好意思，我刚还在找它呢。"

薄浮林斜了斜脑袋，不置可否。

车要重新开走之前，黎想喊住他："去不去吃东西？"

他抬眼："刚在宴会上没吃饱？"

鸿门宴怎么吃得饱。

再说了，她很讲规矩的。上班好好赚钱，下班抓紧追人。

黎想咬唇，大着胆子试探性地继续开口："反正你刚才也想请公司里的人吃宵夜来着，既然没吃成，今晚换我请你好了。"

"等等，这次不是我的错觉吧？"薄浮林斟酌用词，挑眉确认，"你在约我单独吃宵夜。"

黎想微微抿唇笑，转而诚恳道："谢谢上次你的车送我去宠物医院。"

2

黎想只有 50% 的把握能上薄浮林的车。

她突然想起本科室友里有个年纪最小的妹妹曾经为了追上男神，苦练游戏里的辅助，就是为了有一天能坐在男神怀里和他单挑，让他站在那儿被自己打。

黎想倒没想过哪天能让薄浮林这样的小王子在自己面前甘为不二臣。

但如果暗恋也讲基本法，那她心中的第一条规则是：变优秀之后，再自信大胆地靠近那个优秀的人。

她现在在薄浮林面前无疑算个正面形象，虽然故意让他产生过她自作多情的尴尬错觉，但刚才那句明示的表白，多少在一定程度上让他有了点好奇。

而且，"小王子"的修养一直不错。

刚才又在公司发生了那种意外，他总不至于在这个晚上直接拒绝她。

果然下一秒，薄浮林在她强装镇定的神态中点了点头："上车。"

黎想松了口气，坐上副驾。

她在他车内显示屏的导航上输入了一个离这儿十三公里左右的地址，在他看过来的视线中回答："因为是我请客，所以去我挑的地方，没问题吧？"

薄浮林别过脸，声音不咸不淡："没问题。"

车辆汇入大道五分钟后，她指了指路边一家便利店，让他停车等会儿。说完，她很快下车跑了进去。

正当薄浮林以为她要请他吃便利店里的泡面时，黎想拎着一个袋子回了车上，袋子里面是酒精棉和创可贴。

"我们公司的切割机很久没清理过，不知道伤口会不会感染，等会儿到地方了记得处理一下。"

她指了一下他左手上的伤口。

薄浮林手上被割出了一道口子，是刚才在模型室使用泡沫切割机时弄伤的。他倒是没料到她会注意到，自嘲地扯了扯唇角："术业有专攻，我就不该瞎折腾。"

黎想淡声道："可是这不也曾经是你的专业吗？"

他在这个晚上总算有了点兴致地侧头看她："你还知道什么？"

黎想："我……只是恰巧在面试之前对 DK 做过一个全面的背调。"

这不算说谎，她大概是新员工里最了解 DK 背景的人。

知道 DK 最初是由他召集了一群海外华人中的资深设计师和美国旧金山的团队在北美建立，上市选址定在了安清市。

他们做过甲级写字楼、星级酒店，但真正打响名声的是离公司大厦四百米不到的那栋明珠国际金融中心和市区第二大体育场。

"包括 DK 创始人的背调？"薄浮林戏谑开口，"我再问清楚点，是因为 DK 了解过我，还是因为我才了解了 DK？"

车已经停在了目的地，两个人都没急着下车。

他的提问太一针见血，黎想有些招架不住，揣着明白装糊涂地问："你对每个问题都一定要知道答案吗？"

薄浮林垂着眼皮睨她，似笑非笑："不能糊里糊涂就被你拐来吃东西。"

黎想眼珠子一转："这样啊，那等吃完再告诉你吧。拐到对面那条街可以停车，我先在店那里等你。"

她利落地解开安全带跑下车，过了一会儿站在路口那处朝他招手示意。因为太过投入，她还踩到后面凸起的井盖差点摔了一跤。

黎想没往后转头，以为踩到人，习惯性地先说了句"对不起"。

薄浮林停好车走过来，看到她那犯傻的下意识举动，一时失笑。

黎想没找什么高级餐厅，这个点大多数餐厅也都打烊了。

她带他来的是家很接地气的新疆烧烤摊。

坐下来还没一会儿，外面就下起小雨。

一道方木横贯在中间的玻璃窗上，往外看过去，是一条被雨水洗刷过的湿漉漉的街道。柏油路面在路灯下隐隐闪着细碎的光，时不时有零星几个行人在细雨中跑过。

他们都穿得过于正式，还好薄浮林刚才那辆车停得较远，两人坐在墙边这桌，不算多突兀。

可刚落座，他们后面那桌就来了一对男女。

男人不满意的声音很大，似在嫌弃这家小馆子配不上自己的档次："怎么来这种地方吃？第一次约会，我不得带你吃点好的啊！"

这人为什么这么大声？这样显得自己很小气哎。

黎想担忧地瞥了眼面前的薄浮林，他像是没听见一般，只将自己那件高定西服外套脱下来，搁在了椅子的另一边。

后桌女人轻声道："你别说了，现在那些餐厅不是都关门了嘛。"

"我这不是怕委屈宝贝嘛！"男人继续吹牛，"明天就带你去吃淮海路那家米其林餐厅的日本和牛。"

黎想在心里小声吐槽了一句，轻咳一声，脑袋往前凑："其实国内根本没有正宗的日本和牛。"

薄浮林看着她扒在桌面上纠结的两根手指："你想表达什么？"

她声音软软的，不怎么具有说服力："这家烧烤很好吃。"

"知道了。"他显然听清了那男人的话，闷笑地顺嘴说了句，"我没觉得委屈。"

黎想：……好像哪里不对劲？

薄浮林贴上创可贴那会儿，黎想已经点好了餐。

他粗略扫了一眼，面要了不辣的，特意写了别加香菜，就连烧烤的几道肉食都很合他口味。

"你让我觉得有点可怕了。"他微微往后靠，一只手支着胳膊肘，手背好整以暇地抵着下颔，"怎么能连吃个烧烤都和我口味这么一致。"

黎想腹诽：大概是你太过专一吧，这么多年吃烧烤的喜好居然都没变过。

她在读高中时常经过他常去的那家烧烤摊，也常在他旁边那桌点一样的东西吃，早就把他了解得一清二楚。

被他凝重的语气逗笑，她没正面回答："你知道这条路往前走是哪儿吗？"

薄浮林这些年在海外极少回国，就算逢年过节回来，也并不会来这类小餐馆，他如实摇头。

黎想说："是六中。我以前和你是同一所高中的，也是同一个班。"

薄浮林抬眸，漆黑的瞳孔安静地看着她。从小到大没缺少过女孩追求的男人不会在这个年纪还听不明白她是什么意思。

只是他高中连读过两个学校，又时隔多年，记忆早就混淆，当初在六中哪个班他都有些记不清。

"我高二转来六中，高三下学期就离开了。"

黎想喝了口桌上的冰水，不是很在意地点头："你不用解释这些，我知道你不记得我。"

那时一个班有五十个人，她不是成绩最突出的，不是最漂亮的，也不是最高、最矮、最活跃的，理所当然在他这样的校园风云人物眼里没有记忆点。

在这一刻，薄浮林确实在脑海里搜索了一圈旧日同学的身影，可始终记不起来黎想的面孔。

"我变了很多，可你没怎么变。"

黎想不吝啬赞美。

这顿夜宵吃得很愉快，薄浮林不得不承认她是自己遇到过的最合拍的一个女生，饮食口味、工作闲谈、休闲兴趣……不管聊到什么，她总能接上几句，好像对他有过全面调查、做过多年研究一样。

薄浮林没有追根究底地继续问车上提出的那个问题，甚至也没有问她现在对自己到底是什么意思。

她对他有好感是能肯定的，只是那份好感究竟从何时开始就不得而知了。

"对了，今天晚上建模部进医院的那个女生已经出院了。"黎想点开手机里的工作群，打开聊天页面给他看。

薄浮林没进群，这事说到底有的是人管，组长、经理、副总监、总监，一级又一级。

黎想犹豫了须臾："如果我说公司有高层以权谋私、骚扰、利诱女员工的话，算不算告状？"

薄浮林掀起眼皮看她："和今晚的事有关？"

"赵经理。"她没凭据，只好简单说了句，"那个女生好像是因为他怀孕了。"

"我没法直接让他滚，也不能只听你的一面之词。"薄浮林语气平平，"不能因为你漂亮就觉得你说什么都对。"

黎想神情顿了顿，抓住这句话里的重点："你觉得我漂亮？"

他侧了侧颔，忽然笑了："……保护好自己，收集好证据。"

她佯装淡定地"嗯"了一声，好像一只翻滚着柔软肚皮的小兽，低头多喝了几口水来掩饰自己的欣喜若狂。

这顿夜宵最后还是薄浮林付的钱，在他那儿从没有让女孩买单的习惯。

两人出门的时候，雨已经停了。路面上沾着零散落叶，层叠绿植在灯光里落下阴影，有几分萧瑟的夏末来临感。

黎想开始懊悔刚才为什么不让他把车再停远点，这段同行的路居然这么短。

　　身侧男人配合了她的脚步，迈开的步伐并不大。他突然抬了下手在她脑袋上轻轻掠过。黎想怔怔地抬头，看见他手上捻着瓣潮湿的白兰花。

　　是从她头顶那棵树上掉下来的。

　　黎想看着他指间的白色花瓣，睫毛轻扇："听过一句定律没有？男生与女生散步的时候抓住落下的花瓣就会相爱。"

　　薄浮林手指稍稍用力，碾出清香四溢的花汁，垂眸问："你刚刚现编的吗？"

　　她被他认真的语调逗笑，抽出身上的纸巾递给他擦手："是真的，你不看日漫吗？"

　　他神色自若："没看过有这句话的日漫。"

　　边上灌木丛里传来一声猫叫，黎想察觉到薄浮林的脚步加快了些，她随口道："你这样会让我觉得你怕猫。"

　　他停下脚步，肩头微微颤动，眼里带着几分笑意："终于有个你不知道的事了，我并不喜欢猫。"

　　"怎么会？"

　　她记得他以前还拿校服外套接过从树上掉下来的幼猫。

　　薄浮林坦然道："人是会变的，我也不是永远十七八岁。"

　　"你对我的了解确实不少。"他话里别有深意，"那你想要什么？"

　　黎想离他很近，隐约能闻到他身上清冽好闻的杜桑香水味，有些恍惚地重复他这句话："我想要什么？"

他抬着眉梢瞧她，倏地俯身凑近，尾调拖着懒散的腔，直白地一字一句问："我没有谈办公室恋情的想法，还是你只想要一段快速结束的肉体关系？"

啊？这么容易就能得到他的肉体吗？

黎想带着点兴奋，应声仰起脸看他，不退不避，眼里亮晶晶的："我说我想，就可以吗？"

"不可以。"

薄浮林稍稍偏头睨她，勾了下唇补充道。

3

黎想不明白，为什么他那张好看的嘴巴能说出这么无情又欠揍的话。那他为什么要问？

钓鱼也不带这么钓的。

她毫不掩饰幽怨又气鼓鼓的表情，就差把"你玩我呢"几个字挂在脸上。

薄浮林有些想笑，他实在没见过像她这么坦诚的人。

中学时代的女孩们偏向委婉，他拒绝起来不费劲。大学和研究生期间都在风气较为开放的美国，那些人问得很直接。

犹如他刚才问她的那句话一样直接。

但黎想像是这两种的综合体。

"综合体"突发奇想地在这时开口："我也问你一个问题吧。"

他点头。

她依然聊的是高中："为什么那时你不谈恋爱？"

薄浮林想了想，随口道："那时候，兴趣都放在乐队、画画和'坑'我爸妈钱这几件事上了。"

他那时确实总和艺术班几个签约了工作室的音乐生混在一起，也去学习了一些和建筑中的版画、雕塑艺术相关的技艺。

至于"坑"爸妈钱，黎想只能想到他十八岁生日礼物中的那辆跑车。

说到底，他的条件、身份太过优越，从小到大都是众星捧月的主儿，什么样的人没见过，眼光挑剔得很。感兴趣的事物又触手可及，并不沉迷于谈恋爱。

黎想庆幸道："我还以为是你觉得哪天会出道当明星，所以才一直拒绝谈恋爱，怕留黑料。"

昏黄路灯的光打在薄浮林的侧颜上，划过男人锋利的下颌线。他像是听了个天方夜谭，笑得勾人："无稽之谈。"

"当然我也想过可能是你吓跑了一部分追求者。"黎想在他略显疑惑的眼神中，忍笑科普道，"你有段时间的外号叫'追打哥'，你知道吗？"

薄浮林："什么？"

起源就是当时一女生晒出了加上他好友的聊天记录。女生本来打算用网上的情话套路开场，问道：你喜欢听歌吗？

薄浮林：不喜欢听。

薄浮林：也不想知道你喜欢听什么歌。

薄浮林：你下一句最好别是那个土味谐音哏"心如刀割"。

……

薄浮林回忆了会儿，其实都是微不足道的小事情。尽管记不清，但这么欠的回应方式，确实也可能是他做得出来的事。

"当时大家都说你追着人打，谁还敢上啊。"

黎想自顾自说完，慢慢回过神。旁边那人安静了片刻，蓦地淡淡出声："你不就来了吗？"

他低眸正在给谁发信息，像只是随意接了这么一句，眼皮松松奔奔的，让人分不清是不是调情。

黎想语顿，看见他落在屏幕上的手指停了好一会儿，似乎在出神。她不禁叹了口气，因为自己无聊的搭讪话术，索性问道："你在想什么？"

薄浮林抬起垂着的眼，寡淡神色稍有起伏，瞧着她："我掏出手机这么久了，你怎么还不找我加个好友？"

……

黎想当晚是被薄浮林喊来的司机送回家的，还是那位熟脸的老周。

从他匪夷所思的打探表情里，和自己旁敲侧击的试探中，她能确定老周帮雇主送异性回家的次数非常少。

邹思萱今天下班早，已帮黎想把那十本书的快递拿了进来。

一直到在浴室洗漱完，黎想还有点觉得今晚发生的事情不太真实——

她和薄浮林一起吃了烧烤，他主动让她加了微信好友。

仔细一想，她简直把"上班搞项目，下班追老板"这几个字贯彻得太彻底了。

躺回床上，黎想小心翼翼地点开刚才加的好友。聊天页面中除了那句系统提示，只剩下刚刚到家的彼此问候。

她将他置顶，指尖停留在备注那里良久，突然恶趣味地想到三个字：小王子。

高中时他们经常喊薄浮林各种外号，什么少爷、太子爷都司空见惯，但黎想对他过生日的那天记忆最深。

生日发冠落在他头上，俨然是个小王子模样。

薄浮林的账号和ID都是他的英文名，头像是他戴着一顶渔夫帽、穿着一身黑色卫衣帽衫坐在海边钓鱼的背影。

他的动态并不多，寥寥可数的动态里还有不少是留学生公众号文章的友情转发。

相反，他朋友倒是很活跃。

得出这个结论，是因为黎想随手在朋友圈一刷新，便刷到了段明昭发的自拍。

当初因为于好音，段明昭几乎加了他们六班的所有人，包括曾和这位大美女同是一个小组的黎想。

后来这两人分分合合，关于彼此的动态越来越少，现在也不知道他们还有没有在一起。

黎想对段明昭的固有印象一向是：搞笑活跃男，花心又很会抓住女人心的公子哥。

她记得大学时有段时间，自己甚至因为他一天连发三十多条动态而把他朋友圈短暂地屏蔽过。

但后来唯恐错过薄浮林会出现的瞬间，又把屏蔽取消了。

他和薄浮林之间一直是损友模式，尽管大学时不在一块儿，可假期偶尔还是会聚会。

黎想从不关注内娱的明星，也不进任何粉圈。不过她时常觉得自己就像个薄浮林的"私生饭"，从各个角落里寻找他的蛛丝马迹。

恐怕没有人能理解她这样的心态。

明明六年多没有接触，她却还是执着坚定地在心里给他留了一个独一无二的位置。

她想起大一那年看希什金的《书信》，里面有段话："你离开我的时间越长，你就越成为我的一部分。有时我甚至不明白，你从哪里结束，我从哪里开始。"

薄浮林于她而言，到底是一腔孤勇的精神寄托，还是一份美梦未圆的少女情怀——她早就分不清，也不愿意去分清。

今晚，黎想再次发现段明昭的动态还真有点作用。

他那条在高球馆比倒"V"的自拍下多了一句：统一回复：不是黄宗泽，不是吴彦祖，是我自己。

有几个名字眼熟的高中老同学给他点了赞。

黎想和他的共同好友不多，因此后面薄浮林的那条评论格外显眼。

Fulam：谁问你了？

段明昭回了他一串被拆台很无语的省略号。

黎想看得发笑，心血来潮地点开段明昭的朋友圈主页，发现以前看过他的不少动态下都有薄浮林的回复，调侃嬉笑居多，倒也符合这人一向的散漫。

她翻了近半个小时后，回到段明昭刚才那张自拍下点了个赞，琢磨须臾后，发了一条带花瓣表情的动态：今晚很开心。

仅薄浮林可见。

……

朋友圈亮起红点那会儿，薄浮林其实没打算看。他列表里好友不少，估计就是段明昭那伙人又发了什么东西。

但黎想的头像很突兀地出现在那儿。

她的头像和她本人没半点联系，是个有些模糊的书桌桌角，点开放大能看见上面五个"正"字，边上还有一横。

像是从哪个青春校园博主那里下载的老图。

薄浮林没有多在意，只花了一秒思考自己对她反常的举动。

他归结于今晚在结束令人疲乏的何家宴会之后，遇见她确实吃得开心，聊得也开心。

顺着她的头像点进去，他看见了黎想刚才发的那条暗示性动态，白兰花的黏腻感在此时仿佛又回到自己两指之间。

薄浮林点了个赞。

突然想到，她网上买的那十本书是不是到货了？

4

周一早上，人事部为黎想办理了转正手续。

拿到工作牌、录好面部识别的第一天，黎想趁着有新员工福利，薅了楼下咖啡厅的七折优惠咖啡。

她接手的第一个项目是之前的余山度假村。

因为在本科和研究生的实习期间都有过跟老师做项目的经验，入手也不算难。但在领导们那儿通过了提案不是工作结束，而是代表准备工作才刚刚开始。

佘山度假村的出资方是勃海文化科技集团，目的是为了打造一个集主题公园、酒店餐饮、休闲娱乐于一体的综合性休闲旅游度假区。

甲方的投资高，意味着利润佣金多，竞争也大。不用想都知道到时候一起竞标的同行们会有多出类拔萃。

黎想之前个是没跟过九位数投资的大项目。

但这次不同，她不再是实习练手的学生，而是项目的主要负责人，也是代表着 DK 的建筑师。

林汛和栾云被分到她手下，黎想对他们分配了任务。

林汛留在办公室里和组里其他人先对接安清市松江区政府文旅部门的回馈意见，跨部门协调沟通设计任务书的细节。

栾云则被她带去了佘山一起做实地调研。

因为度假村旁边有个有几十户原住居民的小村，在建造之前也得收集他们的意见。

例如本地有什么独特的谚语、神话，能融入建造的灵感中；在环境顺应这一条件下，如何融合当地的自然地貌；村口的百年老树不能砍掉，要做到对原始的传承保护等等。

黎想始终记得母校的教授在她那届毕业典礼上演讲时说的一句话：新的建筑不是抹杀生命，而是呈现历史文化的新生命。

连续跑了几天佘山之后，黎想总算回归了办公室继续做施工图部分。

一份重大建筑项目的标书至少要做一两个月，写上千页也不足为奇。而在这一周时间里，黎想没再见过薄浮林来公司。

DK 这间建筑事务所是他创业的初心，却不是他如今工作里的重心。

下班前，黎想手机响了下。

赵响白：你响哥长途出差回来了，快来给我接风洗尘！

随后发了个酒吧地址给她。

赵响白是黎想的大学校友，两人并不是一个专业，但他却是唯一一个在这座城市和她保持了近六年友谊的异性朋友。

黎想不假思索地回了个"婉拒"，在等下班的时候摸鱼刷了下朋友圈，刷到段明昭发的定位和照片。

配文是：拖了一礼拜，总算把日理万机的大少爷给拖了出来。

照片中，一张加长卡座的桌上开了几瓶"黑桃 A"（一种香槟酒），边上放着琳琅满目的香槟塔和其他酒水，还有几包百乐门、登喜路香烟搁在桌角。

暗紫色的灯光昏昧，能看见应该不是在包厢里。

卡座周围有不少人，黑丝大长腿、带闪钻的高跟鞋、联名球鞋、理查德表盘……还有一只压着杯口的手背，手指骨节修长，食指上戴着一只十字素戒。

黎想将那只袖子挽至肘弯的手臂放大，一眼认出是薄浮林。

他右手手臂内侧在大二下学期的某天用墨线勾勒了一只翅膀呈半包围的和平鸽，还有两个字母和一串数字。

"DK"和"0923"。

和平鸽的寓意太多，难以分辨。

最让她好奇的还是"0923"，可他的生日数字明明是0723。

合上手机前，黎想再次确认了一遍段明昭发的定位。

"不是说不来吗？还是舍不得你响哥孤孤单单一个人喝苦酒吧。"

赵响白一脸"就知道你放不下我"的表情，见着黎想过来，推了一杯调好的鸡尾酒给她。

他一个人也不嫌无聊，订了一个离舞池近的卡座，桌上放着果盘和各种零食，边上还有个穿着抹胸上衣、戴锁骨链的美女姐姐陪着聊天。

黎想落座，才发现这姐姐只是妆容打扮成熟，其实没比自己大多少。

那美女见到黎想，倒是"嚯"了一声，推推边上男人的胳膊："带个不谙世事的小妹妹来蹦迪学坏，你好'狗'啊！"

赵响白一脸冤，指着黎想："她也就比你小两岁，和我一样大，怎么就是不谙世事的小妹妹了？"

说完，他又扫了黎想一眼："不是，你今天穿这身几个意思？来这儿上演清纯小白花呢？我跟你说，酒吧里这群臭男人可最喜欢你这样的！"

不怪他们夸张。

夜幕低垂时分，城市也变得躁动。

黎想今天特意回去换了一条纯白色长裙，长发半扎落在肩后，恬静孤高。她平时上班顶多在脸上打个底，今天还特意化了眼妆。纤长睫毛卷翘如鸦羽，在暗沉灯光下隐约可见淡粉色的眼影，眼皮和卧蚕上缀着细碎的闪片。

像极了学生时代爱而不得的白月光初恋。

她对他们的反应很满意，笑着自我介绍："黎想，他朋友。"

美女姐姐也和她点头示意："师月，我在这儿做 DJ。"

"那你是不是要上台了？"黎想的视线在吧台周围的卡座那儿转了一圈，人多灯暗，一时间有些找不到目标，她索性问，"我能上去玩玩吗？"

赵响白一听，跷着的二郎腿都放下了："什么日子？我想姐要出山了！才一个月没见我，就有这么激动吗？"

两个女人完全忽略了他的存在。

师月笑着拉她起身："可以啊。忘了说，我还是这家酒吧的股东，有事我说了算。"

女生对上眼缘后，似乎一切都变得简单。师月拉着她走到后台，随口问了一句："你是在找谁吗？刚才见你一直东张西望的。"

黎想掀开一点帘子，往舞台下面看。

站高一点，找人都方便许多。

薄浮林那桌离舞池很近，人也确实不少，都在推杯换盏，玩夜场游戏。女孩们时不时瞥向他，像一群瞄准了肉的狼。

他穿了件低饱和度的灰白撞色开衫，懒洋洋又不入世地靠着沙发靠背，和平时的矜贵凌厉感大相径庭。

黎想看向他的脸，鼻尖窄高，唇薄漆眸，肩身轮廓线条挺拔。

沾了酒气的一双桃花眼带着点缠绵悱恻的撩拨不自知，在顶光下有几分意气风发的格调。

黎想轻咬了咬下唇瓣，回答道："嗯，找到了。"

薄浮林今天本没打算来这里喝酒，但确实回国后还没和身边这群"狐朋狗友"聚过，再推也有些说不过去。

况且，在不务正事的插科打诨氛围下，他也能从薄兆理事会那群老董事的高压下松口气。

灯光更暗，舞台上打碟声响起，是首改编过的粤语歌《裙下之臣》。驻唱歌手才刚唱起，底下就有人跟唱。

段明昭笑着和边上一女孩分享："我们家薄浮林对这歌最熟了哈哈哈！"

"我记得！他当初在学校晚会的时候就唱过。"

有熟人接腔："那会儿全校谁不喜欢薄浮林这小子啊！都在说什么纵有凌云志，甘为裙下臣。"

"就是，一外地来的转学生占尽六中风头，女生们都说会唱粤语歌就加分……搞得我那段时间还去拜师！"

"哎，少爷您赏个眼，那打鼓的小姐姐可看着你这里有一会儿了啊！"

段明昭贱兮兮的声音响起："漂亮！怎么会有打扮成这样的在酒吧打鼓啊，暴殄天物！"

在同伴的打趣声中，薄浮林空出一眼往舞台上看。

一眼就和盯着自己看的黎想对上了视线。

说惊讶是肯定的。

他没想过她会打鼓，还游刃有余地抛着鼓棒。

注意到薄浮林看过来，黎想总算低头挪开目光。歌手一曲即将唱毕，乐队里其他人都站了起来。

黎想将鼓棒往下旋了一圈，一堆人喊她。

她却对准了薄浮林那一桌，看到他身边人都笑嘻嘻地在打趣，大概是开他的玩笑。他则纹丝不动地坐在那儿，略一挑高眉看着她。

黎想对着舞台下的效果老师点了下头，指着薄浮林的那根鼓棒往上一扬，顺势转身。

五彩缤纷的彩带在璀璨夺目的灯光和干冰白雾中向上喷薄而出，场下的氛围瞬间燃了起来，起哄声响彻天花板。

薄浮林隔着雾气和各类灯光酒色，坐在台下望着她的背影。

Chapter 3
那一瞬

一个轻柔如羽毛的吻。

1

黎想在台上表演的效果太好，师月起初还想留她再来一首。

但她拒绝了，透过后台帘子看了眼台下左下角的卡座，有个显眼的空位在那儿。她笑了笑："我的目的已经达到了。"

回到卡座那儿，吃了小半天车厘子的赵响白朝她鼓了鼓掌："想姐，你今晚是遇到什么开心的事了？"

黎想侧头看他，一本正经地反问："不是为你接风洗尘吗？"

"少来，我配得上您那演出？"赵响白说着说着还真情实感地生起气来，指了下远处的人堆，"我刚可看见你指着的那人了啊！"

黎想看了眼手机，置顶的人给她发来了消息。她拿起包准备出去，拍拍好友的肩膀，不再多言："我走啦。"

"哎，黎想。"赵响白拉住她的手腕，抬头看她，"就，一定得是他吗？"

"记不记得我们年初一起去看的那部电影？"黎想眼睫毛轻轻眨了下，红润的唇瓣开阖，"我的回答和当时一样。"

——"山的后面是什么，你不用告诉我。山的后面是什么，我要自己去一趟，是什么我都会甘心。"

赵响白一直知道黎想心中有个白月光，但今晚是第一次见。

她眼光确实不错，哪怕他以同性的目光来看，那男人的外形也算一骑绝尘。

其余更多的，他不了解，甚至连那男人的名字都不清楚。不过看和那男人同一桌的人，也能猜到那是一位家境斐然的公子哥。

记忆被拉回到本科毕业典礼的那个晚上，喝多了的黎想抱着路灯柱小声啜泣："我有一个很喜欢的男生……他甚至不知道我叫什么，可我还是偷偷喜欢了他好多年。我好努力地往前走，很想让他看见我……"

"你有什么好的？"赵响白看着自己空了许久的手心，慢慢握紧，而后猛地灌了口酒，自言自语道，"一条道走到黑，不达目的不罢休，倔得像头牛。"

黎想走出酒吧，找了个车容易开过来的路边站着，看着手机聊天页面里只有三句来回的话。

Fulam：吃过晚饭了？

我吃过饭了：还没，要一起吗？

Fulam：门口等我。

刚才在舞台上敲鼓其实黎想也没底，一直到喷完彩带那会儿，她看见他起身的动作才觉得有点希望。

不知道薄浮林会不会有熟悉感，因为这招是她学他的。

高中艺术节，他临时救场那次就是穿着美式阔腿裤和打球服上了台。

少年的头发因运动过后乱糟糟的，发梢还有些湿，戴了顶压了半张脸的棒球帽，随手捡了把电吉他就上去了。唱到最后，他手一扬，卡点喷彩带让全场尖叫。

他一直是受欢迎的"玩咖"类型，生得坦荡明亮，也从来不吝于展现自己的优势。

黎想思绪烦乱，抿了抿唇角，打开手机软件想先找找附近好吃的餐厅。

下一刻听见身后有道故意拔高哗众取宠的男声："哟，这不是我公司的小实习生吗？"

几道男人粗混的声音散在晚风里，黎想转过身。

居然是赵颂。

这一块是酒吧街，他西装革履地出现在这儿并不奇怪，估计又是下班后组局找乐子。

他身边还有一群道貌岸然的酒友起哄："可以啊老赵，你们公司连实习生都这么漂亮！不是靠脸进的吧？"

"妹妹多大啊？看着是刚毕业。"

"你平时聚餐都不参加，原来私下也会来这种地方啊。"赵颂做出一副"都是熟人"的样子，上前想拉她，"走吧，正好碰上了，赵哥请你喝一杯？"

"不用了。"黎想往后退开几步，皱眉看他，也懒得纠正他口中"实习生"的称谓，"赵经理，现在是下班时间，我还在等朋友。"

赵颂一嘴浓重的酒气，并不把她的拒绝当回事："朋友怎么了，是其他同事吗？那一起来啊！人多热闹。"

"就是，一起玩有什么不好？去打打桌球呗。"那伙酒友也笑得肆无忌惮，帮忙说话，"小妹妹刚出社会不懂事，一张嘴就是得罪上司的话。"

笑谈间，赵颂凭着男女间的悬殊力量已经抓住黎想的胳膊，半拉半拽地带着她往回走。

黎想挣脱不开，火气有点上来了："我不想去，你能不能放开我？再拉我报警了。"

她声音很大，周围有路人狐疑地看过来。赵颂那伙人赶紧解释："认识的，是认识的！小女孩喝多了闹脾气呢，别误会。"

他们穿得人模狗样，很难让人联想到不法分子。

不远处，从地下车库开出来的一辆灰色帕拉梅拉亮起远光灯，朝着他们这边连按了两声喇叭。

黎想看不清那辆车，但趁着刺眼的光立刻甩开了桎梏住自己的手。

可赵颂回过神，反应很快地又扯住她伶仃细瘦的小臂，把人拽回来，露出不耐烦的嘴脸："黎想，你平时这么傲就算了，别给脸不要脸，你在我手下，还真以为我不能把你怎么样？"

黎想直视他："你之前就是这么威逼利诱其他女同事的吗？"

她话落，那辆帕拉梅拉逐渐加大马力，引擎声轰鸣震动，炸得整条街仿佛都在狂响。下一秒，直朝他们这边冲了过来。

那伙酒友被吓得一哄而散，跌撞又狼狈地往马路牙子上跑。

车开到赵颂面前，一个紧急刹车发出刺耳尖鸣声。黎想趁乱挥开他的手，惊魂未定地往旁边挪开位置。

赵颂搓着眼皮想看清是谁，退着靠到电线杆那儿，嘴里还在骂："瞎了是不是！撞到老子你赔得起吗？"

与此同时，车门打开，薄浮林大步上前抓住赵颂的领口往车前盖上扔，发出一声重响，几乎没给他说第二句话的机会，拳头已经狠狠砸了下去。

力道又重又急，身边那伙人在赵颂的痛号声中忙去帮忙。

但他们一群酒肉穿肠的中年男人哪能撼动薄浮林。何况经此一遭，他们酒都醒了一大半，被撂开也不再上前，只是言语间威胁着说要告他。

其中有人又打量着路边那辆帕拉梅拉，估算着价值，没敢贸然出声。

年轻男人锋利的面部线条沉在昏黄灯光下的阴翳里，眼底是少有的戾气，对赵颂的求饶充耳不闻。

直到那张猥琐的脸变得青肿，他又拽着赵颂的后领把人拎起来。

他身上原本的那件开衫外套被丢在了车里，身上的衬衣被风吹着贴紧了身体，精瘦的腰线一览无余。他冷嗤一声："刚刚说撞到你怎么着？"

赵颂被揍得话都说不清楚，大着舌头"咿咿啊啊"说着"误会"两个字。

"没误会。"薄浮林拍了拍他的脸，低声，故意高高在上地咬着字眼，"看清我是谁了吗？"

这块是灯红酒绿的事故多发地带，巡逻队出警很快。

路口有骑警的车灯亮起，朝他们这里过来。

黎想这才怔怔地去拉薄浮林的衣角，一脸担忧地看他有没有受伤："没事吧？"

薄浮林低眸看她。

她似乎是被吓得有些蒙，眼神愣愣的。

那一堆男人去扶瘫成烂泥般的赵颂，嘴上还在不止不休地告状。

但在酒吧街，这边的骑警处理过不知道多少起这样的案例，并没搭理他们的一面之词，而是问黎想事件经过。

"这位先生硬拉着我去陪他们喝酒，我拒绝后还多次骚扰强迫我。"黎想指了下远处，镇定地伸出被掐红的手腕，"那边有监控，这边也停了几辆车，应该都有行车记录仪，您调一下就能看见他是怎么拽我的。"

派出所离这儿不远。

做笔录时，赵颂身边那群人听见他回答和薄浮林是什么关系之后，突然反水，一起倒戈指责他，把"势利眼"几个字表现得淋漓尽致。

"都说了人女孩不想去，老赵他就是色迷心窍！他也不是第一次这样了。"其中一位这样对警察说道，把赵颂气得够呛。

人证有，物证在。

赵颂性骚扰这个罪名逃不掉了，要么被拘留，要么和解接受罚款。

薄浮林不接受和解："把人拘留吧。"

从派出所出来，他们往停车场方向走。

黎想看见薄浮林指骨上因打人而擦破皮的红肿伤口，耿耿于怀地反复盯着，心里涌起歉意。

"我没这么娇弱，你上次给我买的酒精棉也还在车上。"薄浮林终于伸手，把她脑袋转过去，"没人牵着你，自己看路。"

她没出息地红了脸，小声问了句："你明明不是会那样说话的人，为什么刚刚在赵颁面前故意表现得这么恶劣……"

傲慢得一点也不像他。

"这人渣蹲几天就出来了，谁知道下次会不会报复？"薄浮林不以为然地开口，隐隐中还听出点引以为荣的意思，"弄我的成本虽然比弄你的成本高，但我更可恶啊。"

好一招"仇恨转移"。

黎想真没想到是这个原因。

薄浮林垂下眼帘，看着她忧心忡忡的脸，带了点歉意："他会被辞退。"

"他今晚看见我们在一块儿，保不准会编出什么谣言。"黎想犹豫地说，"你这样辞退他，他只会说你是因私仇视。而且他工作上没出差错，你用这件私事为由辞退一位高管，人事部还要按劳动法给他 N+3 的离职薪资待遇，太亏了。"

她碎碎念着这些理由。

让这种人占到便宜跟自己丢了钱有什么区别，最后那句尤为真情实感，妥妥一个守财奴形象。

薄浮林偏头看她："你有其他方案？"

他这种问话的方式，一下又摆正了上下级的位置。黎想沉默了几秒，说："嗯，交给我吧。之前你不是让我收集证据吗？我一直有在做这件事。"

反正赵颁至少也要被拘留三天。时间充裕，她有把握做好。

薄浮林点了点头："行。"

"那……还吃晚饭吗？"

黎想不想表现得太急切，视线随意地落在远处。

路边的那辆车随着他按解锁的动作响了一声，内饰亮起了灯。薄浮林打开了副驾驶的车门，请她上去："已经订好餐厅了，不太想取消。"

薄浮林订的是一家西餐厅，顶楼露台的位置能看见外滩江景和霓虹灯景。已经过了晚饭时间，店里这个时候人不多。

清雅的钢琴声响起，侍应生将开胃菜和主菜相继端了上来。

黎想和他点的都是七分熟度的牛排。

她看着端上来的一盘硬质面包，有些疑惑地问："我们没有点这个吧，是送的吗？"

正要下去的服务生笑而不语，多看了她几眼。

"是送的，类似惠灵顿牛排，有些人喜欢将牛肉夹在面包里吃。"薄浮林表情如常，切开一小块牛排塞进一块小面包的夹心层中递给她，"试试看？"

黎想下意识地张口。

他顿了一下，在喂与不喂之间衡量了两秒钟，也看着她下一瞬间反应过来，立刻尴尬地捂住了嘴。

"我不是要占你便宜。"

她慌乱地赶紧伸手接过那块裹着酥皮面包的牛排，低下头咬了一口。

外皮酥脆，内里的牛肉软嫩多汁，配上一口松露鱼子酱，简直香滑到匪夷所思，各个层次的味道都分明。

黎想眯起笑眼，赞叹道："这样还挺好吃的。"

薄浮林并不意外，把杯里醒好的红酒推过去："我还要开车，不能陪你喝了。"

虽然才见过她没几次，但他发现黎想好像很喜欢喝酒。

在公司以外的场合见到她，她都会喝几杯。

除去酒馆，宴会厅那次，阳台上也放着她喝了三分之一的香槟。包括今晚出现在酒吧，他不是闻不出她喝过果香鸡尾酒。

或许是因为喜欢喝，黎想并不容易醉。

吃过这顿饭，薄浮林把她送到了她小区门外，并绅士地为她打开了车门。

夏夜里的绿荫沉在路灯下，呈现出一片薄薄的树影光晕，小区外的灌木丛中传出蛐蛐悠长的叫声。

下了车，黎想踌躇地开口："我今晚是看到段明昭发的朋友圈才过来的。"

薄浮林轻应了一声："哦。"

"但我跟他不熟。"她口红淡了许多，衬得五官更白净，她又解释了一句，"我不是因为他过来的。"

"嗯。"

"我架子鼓打得还不错吧？"她有点小骄傲地抬起脸，像在要表扬。

"很不错。"

不知道为什么，薄浮林觉得她看着自己说这些话的时候，眼睛湿漉漉的，好像要哭了。

他情不自禁地伸手摸了摸她的脑袋，声音低沉温柔："今晚也开心吗？"

黎想弯唇笑起来："现在最开心。"

2

黎想到家刚进门，在客厅剪片子的邹思萱立刻八卦地抬头看过来："我刚才出去丢垃圾可都看见了啊！"

她明知故问："看见什么？"

"看见你跟前一大高个男人，你们俩聊得旁若无人，磨蹭这么久才上来！我以为你那十本书是开玩笑的呢。"

黎想耸耸肩，一脸得意："我可都看完一本了！"

大晚上的，邹思萱也没看清那男人的脸，只知道原来黎想说想"追男人"是真有这么一回事。

她保持了一定的社交距离，没问太多信息，只揶揄了一句："行行行，进度不错啊！都送你回家了，那你俩现在什么关系？"

什么关系……

黎想思考了两秒，严谨地回答道："尚未发生。"

洗澡出来后，黎想放在桌上的手机振动了几下。

是被她丢在酒吧的赵响白，像是反应过来了，给她连发来好几条消息：你喜欢的人居然是薄浮林？

赵响白：你脑子没事吧？他们那一圈公子哥可不是能和你谈风花雪月、谈真心的类型。我就说和他玩一块儿的那个褚杭，和商家那二女儿订婚还没半年，情人都不知道换了多少个。

赵响白：我掏心窝子跟你讲，你和他不可能。读书那会儿谈谈纯情恋爱可以，但你看看你俩现在真要谈了能跟十几岁那会儿一样？

赵响白：你要是真想攀这种阶层，还不如当初就答应做何家的小女儿。哦，何家伸手都是高攀他！

几大段话占据整个聊天页面。

能看出他是好心好意，也能看出他口不择言气得不轻。

黎想逐字逐句地看完，回复了一句：我没想攀谁，也没想这么多。

她叹了口气，将手机丢到一边，四仰八叉地躺回床上。

她也不是不知道薄浮林的家世有多好，可那些和自己并没有关系。

她从来不贪心，她只是想和喜欢的人走近一点而已。

早上回公司，万澄在茶水间神秘兮兮地拉过黎想，好奇地问："刚刚建模组的小香过来跟你说什么了？你俩在洗手间咕哝小半天。对了，我听说她要请一周的假，是准备去做……那个手术吗？"

黎想摇头："她没跟我说这个，但是聊了点别的。"

"和那位有关？"

万澄指了一下赵颁那没开门的经理办公室。

"嗯。"黎想故意压低声，"听说他今天没来是因为进了局子，人还关着呢。"

万澄惊叹地给她竖起一个大拇指，下一秒就跑去老员工聚集的人堆里继续散播这个八卦了。

黎想回到工位上坐好，打开邮箱，看见了石香给她发来的一大串聊天记录截图和录屏，都是些赵颁平日里借公事之由调戏女员工的露骨谈话，开黄色玩笑，还有他每次聚餐后都要拖人喝酒唱歌、趁机搂抱的部分视频。

其中不乏有公司之前离职的其他女同事提供的酒店开房证据。

有些不愿意透露姓名的，就通过石香转给了她。

最致命，也是能让赵颁无薪离职的一条，是他在接业务单时吃回扣。

建筑业这行在事务所竞标拿下一个工程后，要做的下一步是招投标，即找到承包这个楼盘项目的建筑公司。建筑公司需要提供包括工人团队、选备建材和总的报价，并和事务所谈判利益的分配。

赵颁就是在招投标这一步骤钻了空子。

黎想大学时就很擅长做PDF，这会儿依然拿手，她将这些东西做成了一份PDF文件稿，将事件经过写明，揭发了赵颁的人面兽心。

在用虚拟邮箱发送到公司各个部门之前，她思忖片刻，还是先发给了薄浮林：薄总，我可以发吗？

午饭过后，闲下来的薄浮林看了眼她那两个字的称呼，回消息：

可以，找法务部配合一下。

我吃过饭了：好的，会不会给公司带来麻烦？

这份 PDF 虽然只发在公司内部，但公司有上百号人，一定会有人转发出去，到时候业内多多少少会知道赵颁这人的溃烂私德。

不过，这也可能会对 DK 的声誉造成不良影响。

Fulam：收拾麻烦的是一哥，再不济还有闻遂。

"一哥"是指设计总监罗聿成，而闻遂是 DK 明面上的董事长，逢年过节团建、在年会上站出来讲话的也是他。

黎想看着他理所当然置身事外的这行字，都能想到他那漫不经心的样子，她压着的唇角往上翘了点。

法务部的效率很快。

在黎想将那份 PDF 群发到各部门后，不到十分钟，DK 官网针对这位"赵姓高层"发布了开除声明，并且因回扣那件事保留对赵颁追究法律责任的权利。

而薄浮林看见罗聿成的信息那会儿，正在 DK 大厦附近的咖啡厅。

辞退高层需要领导下令，本来这种事情一般最多是跟闻遂说，但大概是考虑到今年薄浮林回国了，来 DK 视察也较频繁，罗聿成索性都通知报告了一遍。

薄浮林回了对方一句"已读"后，看向走到他桌子对面的女人，微微颔首："你好，何小姐。"

何宝珠将礼袋递给他，笑着坐下："阿姨上次落在我家的丝巾。"

"谢谢，麻烦你走一趟。"

上次何家宴会之后，薄母和何母就一直有撮合这两人的意图。

又是丢丝巾，又是联系助理亲自送，未免太过司马昭之心。

何宝珠搅了搅咖啡，莞尔看着他："我记得薄兆总部离这儿有段距离。你今天怎么来这儿了？是有工作吗？"

薄浮林淡声道："我有家公司在这里。"

"你自己的？"何宝珠想到之前打听过他本硕专业都是商科，自认为能猜中，"是做风投吧？"

"不是，是大学时开的一家建筑公司。"

她有些惊讶："薄叔叔给的赞助吗？"

一位养尊处优的千金，连大学上的都是法国一所排名百名开外的"水校"，三年制本科，学的还是奢管（奢侈品管理）。

薄浮林实在不知道该怎么和她解释公司的事。

他之前也接触过这样的女孩，家里总会给他安排这类社交。

读书时是帮忙照顾同在美国留学的哪家叔叔的女儿，毕业后，借口换成了和谁家伯伯的女儿认识一下、交个朋友。

只是这一刻，他有些疲于应对这种无聊的你问我答。

薄浮林一边心不在焉地应和着对方，一边莫名其妙地想到了黎想。

黎想就不会问他兴趣、爱好这种问题，她甚至了解他和 DK 的所有背景。她今天做那份 PDF 的效率也挺高，和他交谈时也总是从容。

薄浮林突然就明白了为什么觉得黎想特别。

或许是因为，他总感觉她于自己而言合适得太不真实了。

在何宝珠聊到周末想邀他去家里的马会俱乐部玩玩时，他终于忍不住点开手机打了行字：我在公司对面喝咖啡，要下来吗？

不过，这条消息迟迟没得到回复。

何宝珠总算注意到他的分心，窘迫地喝了口咖啡，尽量将话题拉回："我有个妹妹也是建筑师。"

薄浮林抬眸："是吗？"

"嗯，她读书还挺用功的。"

何宝珠私下从不喊黎想"妹妹"，但在外人面前，她只能承认这个妹妹。她干脆趁热打铁地继续聊："她今年也刚毕业，不知道在哪家事务所上班。现在就业竞争压力很大，名校生就拿那点工资。话说回来，安清市建筑这一行厉害的公司有哪些啊？"

薄浮林如同在听一个毫无社会经验的人在分析职场问题，兴致缺缺："我刚回国没多久，不太清楚。"

何宝珠觉得自己是看在男人这外形的分上，才勉强能往下问："那你的公司怎么样？"

薄浮林表情淡淡，看向透明玻璃外的马路："混得下去——"

话说到一半，他眯着眼看见对面正往大厦楼下跑回去的眼熟背影，匆忙得像在逃离。

"怎么了？"

何宝珠顺着他的视线看过去，并没发现什么特别的。

薄浮林招手示意服务生买单，站了起来："我想起来还有事要忙，我们有机会再联系。"

"可你还没有留我的号码啊！"

他懒慢地微抬眉，回答得无可挑剔："有缘分的话，我会猜到的。"

何宝珠愣住，气极反笑了一声："……哈？"

另一边，黎想仓促地跑回电梯里，心有余悸地摸摸胸口。还好她眼睛尖，认出坐在薄浮林对面的是何宝珠，拔腿就跑。

否则碰上了多尴尬。

她蓦地想起赵响白昨晚跟她讲的那些话，朋友都尚且如此，她靠近薄浮林的这种行径落在何宝珠眼里，恐怕会被说得更难听。

她摸出手机看了眼何宝珠的朋友圈，正好刷新了一条，是十分钟前发的两张照片。

一张是何宝珠的自拍，另一张是干净的咖啡桌面，但很有图谋地露出了对面男人戴着腕表的手。

氛围感就在于薄浮林这个人。

他光是出镜了一只好看的手都足够让人浮想联翩。

黎想鼓鼓腮，不知道该作何感想。

走出电梯口回工位时，薄浮林的消息发了过来，就一个问号。

黎想把自己电脑上的施工图和多媒体脚本拍下来发给他，语气乖巧：我在工作呢。

Fulam：你没下来？

黎想装傻到底：没有呀，你需要我现在下来吗？

Fulam：快下班了，去吃饭？

黎想抱歉地道：今晚下班后有聚餐哎，组里前辈们庆祝我转正。

还庆祝赵颁要离职了，这话她倒没说。

薄浮林回了一句"知道了"，再无后续。

后来近一周，黎想没和他见过一面。建筑这一行加班也是家常便饭，她常待在公司，但薄浮林也不来 DK 了，忙着在家族企业那儿做继承培训。

这期间，黎想倒是有找机会和他聊天。

不管是闲的还是无聊的，他都会回复，但态度有些模棱两可，让她不敢贸然下定义。

他们像朋友，但彼此又心知肚明不算是朋友，这段关系也绝对不会只发展成朋友。

周五晚上，黎想在朋友圈发了一条桌面凌乱无序的动态：总有人很忙，忙到没空见面。

下班那会儿，薄浮林将她这条动态截图发了过来：点我呢？

黎想总算笑出声，停在电梯门口乐呵呵地回了他一个"撑脸"的表情包：下班啦。

下一秒，薄浮林发过来一个地址：过来。

3

薄浮林给她发的地址是椿树湾公寓，本市挺有名的豪宅区，离大学城近。

起初黎想还以为他在邀请自己去他家里，结果他下一句是：朋友过生日，走不开。

参加朋友的生日带上她，合适吗？

黎想漫不经心地思考着这个问题，网约车已经开到了小区门口。在门卫那边报过门牌号，对方就直接开门让她进去。

这里是一梯一户的户型，电梯门打开就看见一扇打开的大门。

聒噪的背景音乐飘了出来，门框到地毯都有被特意装饰过，鲜花簇簇，一进屋，还能看见墙上气球下金光闪闪的大字：岑雪大美女生日快乐。

没人注意到几百平方米的屋子里多了一个陌生的黎想。

她在香槟气泡的杯塔间隙里瞥见薄浮林正坐在沙发一角玩手机，一张锋利薄情的脸，有种桀骜恣意的坏劲儿。

一个坐在角落的参加者倒像万众瞩目的主人公，他真是天生就适合在这种喧嚣场合里谈笑风生。

不断有人想和他说话。

但他要么充耳不闻，要么敷衍地皱眉点头，视线只落在手机上。

黎想不知道他到底在看什么，下一刻却莫名地反应过来，连忙拿出自己的手机，他果然在给她打电话。

她接通，薄浮林也正好抬头，一眼望到她，朝她招手，等她过来便拉她坐在自己旁边："喝什么？"

音乐声吵，他低头贴着她耳朵说话。黎想耳郭有点痒，但面上不动声色："果汁就好。"

他递了杯子过来，又说："等切完蛋糕再走。"

她犹豫："我来会不会不太方便？"

薄浮林听出她的顾虑，笑着指着外面那一圈："你以为这些都是熟人？"

室内灯光被调成夜店般的五光十色，屋里至少有几十人，都是一群玩得开的，有抽烟打牌的，也有在酒桌边玩国王游戏的，外面的泳池边上也热闹。

怎么可能都是熟人，这里头甚至还有几个黎想叫不出来名字的小明星。

她落座没一会儿，这场生日会的女主角岑雪就走了过来，一脸夸张地叫："哟，小林，这美女是你带来的？"

薄浮林"啧"了一声："别吓着人家。"

他的手放在黎想腰后，正好落在扶手那儿，看上去像是把她圈在臂弯里。他又抬了抬下巴，让她打招呼。

"生日快乐。"黎想有点不好意思地说，"抱歉，来得匆忙，没给你带礼物。"

岑雪连忙摆手："带什么礼物啊！再说薄浮林已经送了，他的心意就是你的。"

她看上去对黎想挺好奇。

不止她，边上那一圈人也都在打量黎想。

毕竟薄浮林算是他们圈子里洁身自好的清流，招人得很。读高中时目标就明确，还会折腾乐队、工会这些新奇玩意儿。等上了大学，同龄人在泡妞泡吧，他在工作室里和一帮技术宅男忙创业忙得昏天黑地，一分钟掰成三份用，其中就没出现过"交女朋友"这一环节。

但这伙人都是人精，没确定黎想是女伴还是女友之前，也只糊弄着笑笑就过去了。

"聊什么呢？"段明昭咋咋呼呼地挤进来，注意到黎想，"跟着浮林来的？感觉有点眼熟啊。"

黎想并不想在这种场合抢风头，但笑不语。

或许是她的改变太大，时过境迁，段明昭也没能一眼就认出这曾是自己的高中同学，简单打声招呼就让薄浮林一起去厨房把蛋糕推出来。

薄浮林起身，把自己的手机放在她膝盖上："先自己坐会儿？"

黎想点头："嗯。"

段明昭揽过薄浮林的肩，谈笑声渐远："得了，你还怕人跑了？跟我说说这位来历不明的……"

周围还有目光围着自己，黎想并非感受不到。

主动坐她旁边的是个短发女孩，叫路鹿，笑起来很像暖洋洋的小太阳："你叫黎想？我感觉你这名字有点熟呢。"

黎想仔细看了她一眼："我们应该没见过。"

路鹿纳闷，迟疑地问："你高中是不是就和薄浮林在一块儿？"

"怎么可能！"

这么不靠谱的猜测，简直让黎想大惊失色。

"不是，我的意思是你高中和他都是六中的吗？"路鹿失笑，不确定地说，"你是不是被一个男同学造谣过啊？"

黎想这次盯着她，有点奇怪，但如实地点头："你说的是吕兴，你怎么会知道他？"

路鹿反问："薄浮林没跟你说过？"

黎想和吕兴的仇是在高三下学期刚开学没几天的某个下午结上的。

吕兴在讲台下面发现了一根掉在地上的卫生棉条，像只猴子般招摇地喊，用词猥琐刻薄："谁的好东西掉了？玩得真野啊。"

那时大家熟知的生理用品只有市面上常见的卫生巾，于是，那根棉条被吕兴当成情趣用品来开低俗的玩笑。

黎想知道棉条的用法，也知道那是她后桌那位一直低着头的女生用的。但这种情况下，那女生不可能出来认领。

铃声打响的那一刻，坐在前排的黎想像是花了自己最大的勇气，问他："你居然不知道生理棉条是什么吗？你这样举着它就跟举着一片卫生巾没什么差别。"

她这话一说完，吕兴有些尴尬地愣住了。

有男生听见了大笑："哈哈哈，吕兴你变态吧？拿女生用的东西干什么？"

"就是，孤陋寡闻还在那里扬扬得意！"

"小兴子，你要是有需求，我可以借你几片啊！你捡那个是打算自己用吗？"

低俗笑话，变成了他是笑话。

吕兴自觉无趣，在哄笑中狼狈地丢开那根棉条，却也因此记恨上了黎想。

起初，他只是在宿舍造谣说看见她和隔壁学校的一个男生去酒店开房。后来，他在学校表白墙、贴吧论坛，包括微博上都意有所指地将黎想塑造成一个私生活混乱的女生。

黎想那时还庆幸自己如此狼狈的时期，薄浮林因为留学申请季提交了放弃高考的承诺书，已经不常来学校。

他也不会以这种方式认识自己。

可路鹿说："我的微博因为经常在游戏里氪金和抽奖吸引了不少粉丝关注，高中那会儿就有二十多万活粉。薄浮林让我点赞过那男生发的那条微博，后来……"

后来因为路鹿的点赞，造谣黎想的这条博文也随之扩大传播范围，数百条转发足以让吕兴承担法律责任。

黎想起诉了吕兴，官司筹备花费了很长时间。

当时除了她爸妈请来的律师的支持，还有一位女老师的帮忙。

五月底，法院才判定吕兴道歉赔偿，留了案底，且判处了十日拘留。出来后，大受打击的吕兴没去参加那年的高考。

她之前对赵颁的那句威胁并非空穴来风。

她真的可以让一个造她黄谣的人付出沉重代价。

只是这一刹那，黎想有些恍惚："是薄浮林？"

"是啊，他没跟你说可能是忘了？"路鹿挠头，"后来我关注过这个吕兴的微博，看他发了手写道歉信。看来你维权成功了啊。"

他没提，说明是真的不记得这一举动。

对他来说，只是小事而已。

黎想突然明白一句话——喜欢本来就很好的人，就算是错，也不会错得一塌糊涂。

"就算是错，那我愿意就这样错。"她在一群人切蛋糕的生日歌中低声说道。

"什么错？"

薄浮林不知道什么时候来到了她身侧。

黎想转头看他，将他手机递过去，扯开话题，担忧地看他："你好像喝了很多啊。"

他把分到的一份奶油蛋糕跟她交换，点点头："被灌酒了。"

薄浮林口齿间的酒气让人微醺，眼睑下方也残余着淡淡绯红，和他自身的冷白皮肤一对比，显得秀色可餐，有股不自知的风流。

他个子高，斜斜地倚着墙站在角落里低眸睨着她。

活脱脱一个男妲己，狐狸精形象。

黎想觉得自己确实颜控，一直目不转睛地盯着他那张脸："趁你有点不清醒，我能不能问你一个问题？"

"我先猜猜你要问什么。"他慢悠悠地咬字，"刚才段明昭提了一嘴你的事情，想起来你和我们在高中是一个班的。"

"然后呢？"她有些紧张，"他说了什么吗？"

薄浮林笑了笑："我好像想起了一部分的你，因为陶嫣老师。"

陶嫣是在吕兴事件中帮了黎想很多的一位实习老师，教英语的，只代课了他们的高三下学期。

最开始，薄浮林是从她那里得知黎想的事的。

那时薄浮林因为有留学计划，正好到办公室找班主任交签了名字的"放弃高考体检承诺书"。

陶嫣年轻，和他也熟悉，就闲聊了一句："你们班那个吕兴也够坏的，到处造谣一女孩跟外校男的开房，搞得人家被孤立，连小组讨论时都不敢出声，怪可怜的。"

因而比起黎想这个受害者的名字，薄浮林对吕兴、陶嫣记得更清楚些，顺带才有了对她的记忆。

4

黎想说不失落是不可能的，他记得自己也只是因为对一位女老师印象深刻。

可是薄浮林对她来说有太多回忆。

操场上、奶茶店里、烧烤摊上、书店里……

他们一直在不对等的位置，以前的自己从来没吸引过当时就已经很优秀的薄浮林。

本来薄浮林并不在意她到底是曾经就喜欢过他，还是最近起的心思。但他这会儿好奇地问出口："你高中注意过我吗？"

"你这么出名，谁都会注意到你。"黎想并没给出确切答案，低着脑袋沉默了须臾，"薄浮林，我突然心情有点差，你能不能哄哄我？"

认识以来，她好像是第一次喊出他的名字。薄浮林愣了一下，勾着唇角问："我想回家了，你会开车吗？"

他话题拐得太快，黎想不明就里地点了下头，又补充："但我拿驾照后没上过路。"

因为她自己没车，也没开过别人的。

薄浮林垂眼，把跑车钥匙放到她手上："命交给你了，悠着点折腾。"

他都把自己的命给她了，黎想实在不好再纠结这算不算是哄她。

说到底，她也是脑子发热才向他提出这种要求。大概是沾染了他那一身酒气，她变得有些不清醒和莽撞自信。

彼此心里都藏着今天的新发现。

后来一路上，竟谁也没再刻意提起往昔。

黎想第一回开车带人上路，还是跑车，开之前仔细研究了小半

正 正正正正`

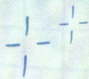

"眼泪是你自己的，不要总为别人流。"

"黎想，你跑一个试试。"

"是初吻，所以记忆深刻。"

"那就谈恋爱。"

原来真的有人靠回忆喜欢了他这么多年。

"不是二十六场雨吗？"

"我在向你道歉，也在向你表白。我不想让你失望，也不想让年少的你觉得送错了人。"

"我想和你结婚，你愿意吗？"

我第一次见到他的时候，我正蹲在路边哭。
他问了我一句："你食咗饭未？"

她走向他，用了六年。

"我想再来你一次。"

"想游到海水变蓝，走到港岛变暗，等到薄浮林说要和黎想谈恋爱。"

在奔赴他的这些年里，她变成了更好的自己。

他或许只是我人生里下的一场阵雨。

兜兜转转这么多年了，她还是好喜欢他。

"你是我的战利品。"

陪你等过二十六场雨，

也等来了二十六岁的你。

天如何操作。她开得时快时慢，在一个十字路口还险些抢了车道。

薄浮林作为一个合格的副驾驶乘客，上车玩了两分钟的手机后，居然对她信任到一句话都没说。

窗降了一半，夜风缓缓吹进来。

车停在薄浮林小区的停车场时，黎想庆幸这一路还算顺利。侧头一看，薄浮林居然斜倚着车窗睡着了。

她从来没有这么近地看过他睡觉。

她没急着叫醒他，而是有些感慨地撑脸盯着他看。

车里的灯已经关了，但外面有路灯光从车窗口渗透进来，隐约照亮这一隅。夏日夜晚并不寂静，树上还有知了在叫。

男人右肩抵着车窗，一截冷白的手臂浸在月光里，五官在昏昧朦胧里依然好看，眉目间拒人于千里之外的疏懒也变成了温顺。

因为不是规矩的坐姿，他身上那件白衬衫被安全带勒紧，显出劲瘦年轻的肌理线条。

黎想默默欣赏了会儿，担心他被安全带勒得难受，想要给他解开。

只是她再轻手轻脚，却还是因膝盖没跪稳，下巴和手都磕在了他胸口。

薄浮林无疑被吵醒了，手掌下意识地扶住了趴在自己身上的人。他慢慢掀起眼皮，和尴尬的黎小姐两相对视。

耳边蝉声聒噪，她睫毛还挺长的。

"我只是想给你解个安全带。"黎想词不达意地解释，视线划过他修长的颈和嶙峋的喉结，干干地咽了咽喉咙。

薄浮林直直地盯着她，突然在她的手往后搭椅背想借力起身的时候，屈起指骨碰了碰她的睫毛。

黎想被他这突如其来的动作弄得闭上眼，又摔回去，脸颊被他体温传染得越来越热："你……"

薄浮林搭在她肩上的手收紧，把人往自己身前揽近。他领口微敞，深邃的眉眼里带着点捉摸不透的散漫。

在她觉得距离已经近到适合接吻时，男人温热干燥的唇就这么覆了上来。唇瓣相贴，分不清谁的嘴巴更软乎。

黎想眼睛睁大，呼吸都屏住。

这个轻柔如羽毛的亲吻只持续了两秒，并没深入。

唇分开，薄浮林抬手揉了揉她毛茸茸的头发，声线沾着醉意："谢谢你送我回来。"

后半夜，黎想的理智空了一大半，好像一直处在一种踩在棉花里的不真实感中。

她被薄浮林的司机送回了家，机械地洗澡、换上睡衣，连室友和她讲了什么话都不记得。

躺在床上，她出神地摸着自己的下唇。

半个小时后，她才终于被手机里的消息振动声拉回现实。

赵响白：猫我接走了。

赵响白：取个名字吧，医生说它是小母猫，那叫赵什么？

黎想这才想起来是她之前救的那只猫，在医院待了这么些天总算养好了身体。但她目前不是一个人住，也没有养宠物的打算，丢给有钱又有闲的赵响白养再合适不过。

我吃过饭了：赵什么？好啊，还挺好听的。

赵响白：……好吧，就叫它 what•赵！有空记得来看它。

我吃过饭了：嗯，谢谢你帮忙。

她还处于和薄浮林接吻了的亢奋状态，没和赵响白多聊，她怕忍不住分享自己的快乐。

毕竟赵响白仍对她接触薄浮林持否定态度。

但做朋友这么多年，不能因为一件事的看法不一致就闹得老死不相往来，只是黎想不会再和他提自己与薄浮林的任何进展。

她点开另一个置顶的聊天页面，并没有消息发来。

黎想不禁想，他喝醉了，会不会不记得自己做了什么？

这个问题到第二天也没有得到答案。

薄浮林只是很平常地给她发来消息，和平时无异。吃午饭那会儿，她问他在干什么。

他发来一张照片，是和某家银行行长的饭局。

黎想无奈地关上手机屏幕，他果然不记得了。

"我相信秒秒的瞬间，我不信年年的永远……"旁边烘焙店里传来一首老歌，她吃完站起身准备回公司，把这件事甩在了脑后。

就这样吧，至少那个瞬间真的存在过。

Chapter 4
想见你

因为你喜欢，才有价值。

1

勃海文化科技集团佘山度假村的项目公示了竞标日和地点，时间定在月底，地点是香港中西区上环的金融大厦里。

彼时黎想还在用虚拟引擎做立面图。

由于她一直用的引擎器在公司电脑上导不出来，所以需要学习使用新的绘图软件，她在语言包和插件上卡了将近一周才搞定。

而新上任的经理已经发了小组会议的邮件过来。

会议室里陆续有人拿着电脑和录音笔进来，渐渐坐满人后，有台开了远程视频的电脑摆在桌上。

对方没露脸，但黎想一眼看清是薄浮林的微信头像。

新上任的经理叫陶丞，讲话风格偏幽默，比上一任赵颁看上去靠谱很多，就连开会效率也高。

虽然风趣，他却不会在做正事的时候讲些假大空的话填补时间。

或许是因为知道有薄浮林在跟这个会议，大家相对拘束不少。

其他两个设计组展示完最近在做的项目的PPT，轮到黎想这一组汇报她的标书进度。

在之前的方案通过后，黎想这段时间一直做的是深化设计和扩初，以及和勃海那边的人对接要求，核算成本。

听完她的报告后，薄浮林总算在这场会议中问了第一句话："你是佘山度假村项目的主创？"

主创建筑师和建筑师有所不同。

建筑师是辅助某一版块，而主创占决定性作用，包括后期述标、接管整个工程的运行和验收。

黎想的资历暂时还只是个负责这个项目的建筑师，按道理主创应该是带她的容工。

会议室里安静了刹那，坐在远处的容工替她开口道："她是。"

黎想迟疑地看过去。

"我在这个项目里只充当了你的顾问，没插手别的。"容工给予她很大肯定，"你实习经历已经够多，给手下人分配工作也到位，难道还没信心？"

"不是，我有信心。"黎想回过神，回答道，"我是这个项目的主创，有什么问题吗？"

薄浮林言简意赅："没问题，我确认一下是谁去述标。"

他这么重视这个项目，倒让黎想有些摸不着头脑。虽说这是个大项目，但其他几个设计组手里也有同等量级需要竞标的工程，却不见他特意提问。

黎想不认为薄浮林的反常是因为和她的私交。

果不其然，会议结束后，她就收到了薄浮林发来的一条消息，更像是内部机密。

Fulam：薄兆在年后会收购勃海文化。

意思就是说，她现在为勃海文化科技集团做的这个佘山度假村，今后也会变成薄兆旗下的产业。

薄浮林这是要光明正大赚自己家付出去的这笔钱。

他重视，是对这个项目势在必得，这大概也是他向家里长辈证明自己的一种方式。

我吃过饭了：我懂了。

Fulam：懂什么？

我吃过饭了：懂了你在给我施压，这个项目一定要帮老板拿下来！

薄浮林看笑了，给她打来了一个电话。黎想看了眼周围的同事，一本正经地接起："你好。"

"下午忙吗？"

她躲去了洗手间："我能说不忙吗？"

"都行。"薄浮林声音懒洋洋的，听着很放松，"不忙的话，我来接你？"

黎想考虑了下自己剩余的工作量，很认真地说："好吧，不算忙，我可以提前两个小时走。"

她这段时间和勃海那边的人对接，总要出去应酬，提前出去倒也不会被经理盯着。

离下班还有两个小时，薄浮林开了车过来，准时停在大厦门口。

他把车窗降下来，手撑在方向盘上，一脸恣意散漫地看着背着小挎包蹦蹦跳跳出来的黎想。

黎想远远就瞧见他那辆车牌号嚣张的"黑武士"霸在路边，也发觉自己上他副驾驶的动作越来越熟练了。

这两个月里，她已经学会了好几辆超跑的开门方式。

这哥最近的爱好是收集跑车吗？

有点贵，她觉得自己靠打工应该是供不起他的。

但不得不说，薄浮林每次出现在她面前都让她耳目一新。他穿了身质地柔软有垂感的西装，偏休闲，慵懒又不颓废。梳了个大背头，几根碎发落在额侧，令他那股贵公子的气势更凌厉。

黎想没见过比薄浮林还适合西装的人。

他刚转学到六中那会儿，穿的就是之前学校的校服，也是偏国际化的西服款式，白衬衫上松松垮垮地挂着根领带，一副唇红齿白的少年样。

才上车没一会儿，薄浮林的电话就响了起来。他本来也是推了工作出门的，有点诧异地看了眼显示屏上的那串号码，点了接通，是车内扩音。

一道咋咋呼呼的女声响起："哥哥，你在干什么？"

黎想看了他一眼。

"家里人。"他这样解释道。

"你跟谁说话呢？"

女生声音有些稚气，应该才十几岁。

薄浮林打着方向盘开进车流中，皱了皱眉："薄千饮，初三不是开学了吗？"

"我今天人不舒服……请假了。"女生支支吾吾地拉回自己的话题，"我想找你帮个忙。"

"说。"

薄千饮："我那个家教老师，靳学长你记得吗？"

"你年年换家教，我能记得这么多？"

"就是在安清大学学计算机的那个，教我数学的帅哥。"薄千饮有求于他，放低姿态道，"他和他同学们做了款网游，在拉人投资……我一想啊，我不是正好有个多金帅气又善于发掘人才的好哥哥嘛！这不就是他一挥手，砸几块金砖的事儿？"

坐在一旁的黎想被这小孩的花言巧语逗笑，没忍住地捂着脸扭向车窗。

薄千饮耳朵多灵啊，立马抓住重点："哥你谈恋爱了？怎么有女人的笑声？"

薄浮林皱眉"啧"了一声。

"哦哦哦，我不管你的事儿了！"薄千饮很快服软，继续说道，"那个游戏名字叫《风山之巅》……"

他显然没兴趣，打断道："薄千饮，你懂什么投资，少给我找这些乱七八糟的麻烦。"

"我怎么不懂了！你和爸爸之前在家里不是还总说要投资什么新兴企业吗？"薄千饮不满道，"你都没有去了解这款游戏，也没有去了解靳学长，他很优秀！"

"我不用去了解他。"薄浮林没什么耐心地说，"想要让我看见的人自然会努力走到我面前来。"

黎想觉得他说得对。

她这个例子就摆在这儿了。

尽管知道薄浮林只是随口说了一句于他而言再平常不过的话，但黎想还是不可避免地代入进去。

不过看了看自己正坐在他的旁边，那份感伤情绪又立刻烟消云散。

电话那边的薄千饮见软的不行，又来硬的："我不管！你就去看一眼这个游戏怎么了？他们真的做得很好，靳学长是个很厉害的人，不会让你亏钱的！"

结果薄浮林软硬不吃："不想看。"

"我不理你了！"女生任性地骂了一句，"王八蛋！"

他微皱眉："你再说一遍。"

薄浮林本来性情就冷傲，平时虽然会懒痞地开玩笑，但大多数时候他那张过于英气的皮相看起来就没有多平易近人，声线再一沉，压迫感就上来了。

薄千饮吓得一瞬间就噤了声，又不甘心地轻"哼"了一声。

可黎想依然觉得薄浮林应该很宠这个妹妹，不然明明知道这只是小孩心血来潮的话，和她闹脾气了却也不挂断电话。

看两人僵持不下，她缓和气氛地开口："叫《风山之巅》吗？我好像知道这个游戏。"

薄浮林瞥了她一眼，语气低缓："已经公测过？"

"还没有吧。"黎想如实道，"但我室友是做剪辑的，前段时间接过他们的外包，是做开场动画那一段，我看建模效果还不错。"

"那当然了！特效也很牛。"薄千饮见缝插针，很有眼力见儿地喊，"嫂嫂，你眼光真好！声音也温柔，不像有的人……"

这个称谓让黎想脸颊一热，没出声。

但旁边的薄浮林也没有要纠正的意思，没搭理她，只是继续问黎想："具体是什么游戏？听上去挺古风的。"

"差不多，是一款国风端游，前期就已经拿了不少创新奖。"黎想严谨地打开手机搜索了一下，总结道，"主创团队全是大学生。但投入很大，看上去是往3A游戏这个构建去做的。"

薄浮林没再出声，目视着前方的红绿灯，眼底看不出什么情绪，大概是在沉思什么事。

"如果他们在找投资的话，薄兆投资部的邮箱里说不定已经收到他们团队的自荐邮件了。"

黎想说到这儿，观察了一下他的神情，索性朝着电话那边的人温声细语道："妹妹，你哥哥还在开车，要不晚点再去看看你家教老师的这款游戏？"

薄千饮知道哥哥的脾性，很快偃旗息鼓："好吧……哥哥真的会看吗？"

薄浮林没说话，微抬下颌睨向黎想。

黎想和他对视上，笑了下，回答道："他会的，反正你哥下午也空出来了陪我玩。"

薄千饮被哄得挂断电话，车里恢复平静。

虽说刚才黎想信誓旦旦地保证完，但多少还是有点不太确定："你会看这款游戏的吧？"

薄浮林闲闲地反问："我哪有时间？"

"可是你都有时间来找我啊。我都答应她了，你刚才又没反对！总不能骗小孩吧。"黎想没意识到自己这语气有多恃宠而骄，皱了皱鼻子，"你这是要带我去哪儿？"

"本来想和你去吃晚饭。"他语气有点无奈，"但你都这样说了，我只能回办公室去查看邮箱。"

黎想没忍住笑起来，佯装镇定地"哦"了一声："反正你今天下午的时间也归我，我就大方点好了。"

薄浮林懒散地听着她的话，脸偏向另一边，指尖雀跃地敲了敲方向盘。

2

虽然这段时间黎想常跟着薄浮林出去，但一般都是去玩乐场所，她从来没跟着他来过薄兆总部。

作为老牌企业中的翘楚，这栋大厦已经成为安清市的地标之一。

薄浮林的办公室在三十二楼。他目前还只是担任副总一职，在公司跟着那几个具有鼎立分量的老前辈学习接管业务。

黎想跟着薄浮林从行政部接待处一路走过来，听到不少人向他打招呼。

薄浮林的秘书是个比他年纪大几岁的女人，抱着文件从会议室里匆匆出来。看见他回来十分讶异，又不动声色地瞟了一眼他身后的女孩："薄总，你不是下班了吗？"

"有点事。"他推开办公室的门，让黎想先进去，又回过头，"帮我和餐厅那边说不过去了。"

秘书点头，利落地拿起手机："好的，我稍后叫餐送过来。"

一进屋，黎想能明显感觉到那些如芒刺背的探索目光消失了，松了口气："薄兆这边的氛围好……紧张。"

刚从外面走过来她就能感受到急促紧凑的气氛，每个人都很忙碌。同样是上班族，她能明显感受到他们不是装模作样，而是真的在争分夺秒。

"这一层是金融部。"薄浮林习以为常，淡淡解释道，"股市刚放盘，大家会累一点。"

他的办公室很大，兼具了茶水间和休息室。

黎想自助泡咖啡那会儿，听见薄浮林正在让人和《风山之巅》那边对接："我需要两个账号。"

《风山之巅》公测初期会找一批玩家试玩，他显然是想自己体验一番再下决定。

这对这款游戏来说是优大于劣。

比起让投资部门那批人大海捞针地筛选潜力项目，走薄浮林这条人情路就像是走了提前被发掘的捷径。

茶几两侧，他们对坐着，一人身前一台笔记本电脑。

游戏页面正在加载中，黎想不确定地说："先说好啊，我不太会玩电脑游戏，你拉我一起玩可能会拖你后腿……"

"难得见你这么踌躇。"薄浮林被她脸上的紧张神色逗笑，想了想，"应该是第一次见你这样。"

"因为我在你面前大多时候是在工作，是在我擅长的领域里。"她并不避讳这个问题，"面对陌生领域，我有点怕出丑。"

他漫不经心地说："有什么好怕的？人都有短板。"

黎想摇摇头："可是你没有啊，你好像就什么都能做得很好。"

薄浮林愣了下，对她的坦诚有些意外："我在你眼里是这样的？"

"差不多吧。"她俏皮地眨了眨眼，不想再过多泄露自己的仰慕心思，指指屏幕，"游戏开始了。"

前期有新人指导，不过这类端游大差不差。薄浮林让她选了个副本来打，黎想点进了国际亚服的战地模式。

只是她不清楚亚服一向是各大服里最乱的，拟真 FPS（第一人称射击类游戏）本来就强调小队与指挥官的配合，但亚服里面有中国、俄罗斯、日本、韩国等多国玩家，多种语言很难调和。

军队起初和敌方平分秋色，但指挥官因为网速差，时不时下线。不知不觉中，他们被挤压到了山谷那儿。

指挥官再次下线，八条支队也变成一盘没有领导者的散沙。

聊天频道里都在开麦抱怨，游戏体验感极差。

黎想也不知道为什么突然就打成这样了，焦虑地挠了挠头，抬眼就看见薄浮林做了个提示她戴耳机的手势。

他点开麦，代替了下线的指挥官，开始领导整支军队。

黎想听着他的部署方案进攻到敌方的防空炮阵地，打了一场漂亮的突击战，不由得邀功："长官，刚才那次进攻可以吗？"

"很不错。"薄浮林看了一下她的血量，勾唇，"过来我这里拿补给。"

"长官我也想要补给。"一道贱兮兮的男声响起，"怎么不给我补给，因为我不是妹子吗？"

薄浮林神色自若："你也是我女朋友？"

男生："你想得美！"

薄浮林一阵无言。

黎想在一旁憋笑快要憋疯。

男生后知后觉，听出来他的意思，很无语："……算我没说，怎么还有情侣上阵的！"

群龙无首的情况下，本来这是一场必输的仗，但逐渐在薄浮林极具号召力的带领下逆风翻盘，越打越上头。

最后攻打敌军团战的那一刻，有个玩家兴奋地喊了一句："兄弟们！冲啊！"

游戏结束，薄浮林关了麦。

黎想意犹未尽，摘了耳机："还蛮有意思的，我之前玩游戏没经历过这种。"

"这款游戏的优劣势都很明显。"薄浮林合上电脑放到一边，摘了平光镜，"你觉得怎么样？"

"我不是专业的，别问我。"黎想揉揉酸涩的眼睛，生怕自己一句话决定了一个团队的命运，甩手道，"你自己闲了再分析吧。"

秘书早就把餐点送进来了，只是他们刚才在游戏中也不好暂停。好在薄浮林订的是日料，适合吃凉的。

垫在木质餐盒下的冰块换过两次，生鱼片保持着鲜嫩。

薄浮林的秘书看上去很会做事，年纪轻轻就能做到面面俱到，在他们餐后还帮忙叫了冰激凌甜点。

吃完晚饭，外面霓虹灯早已经亮起，城市沉入夜色里。从高层往下看，夜景很壮阔，能目睹整座都市的繁华。

黎想手上还拿着吃了一半的冰激凌，在落地窗那里站了会儿，欣赏着薄浮林每天晚上都会看见的夜景。

办公室的门被推开，嘴里咬着一颗糖的薄浮林回来喊她："走吧，送你回去。"

他们出去时，办公楼里的人倒是少了许多，但也不乏吃过晚饭往回走、回公司加班的白领们。

黎想习惯性走进员工电梯，这会儿人很多。

薄浮林没说什么，跟着她进来，手插着兜站在一侧。他拎着黎想的包，那件西服外套就挽在他臂间，领带松松垮垮地挂着。

被他圈在角落的黎想微微仰起头，目之所及是他的下颌线。在这样嘈杂的环境里，她仍然被男人身上好闻的杜桑香气包裹着。

他此刻很像陪着女友朝九晚五下班的白领之一。

可她却不免有些黯然，如果现实是这样，她靠近他时也不用这么费力吧。

薄浮林咬碎了那颗硬糖果，才发觉黎想在盯着自己，他垂下眼帘："在看什么？"

他常问黎想怎么总是看他，黎想却答不出来。她总想着多看他一眼，能再多看一眼就好了。

她低眸，小声带过一句："没看什么，好奇你吃的什么糖而已。"

下了停车场，身边总算没了聒噪的人声。

黎想自觉爬上副驾，很快地系好安全带，却察觉到他迟迟不动："怎么了，忘记带什么了吗？"

他往后靠，懒懒地看她："帮我系。"

虽然觉得他这要求很奇怪，但黎想还是带着疑惑，解开了自己的安全带，起身过去拉他那边的安全带。

可是手还没碰到，下一秒，他突然俯身亲了下她的唇角。

黎想的第一反应是，他刚才吃的是柠檬糖。而后，她定在那儿看他，有些不知所措地想开口。

话没说出来，被再次堵了回去。

薄浮林像是临时起意，蓦地勾颈贴近，直到鼻梁碰触到她的鼻尖，彼此的呼吸交缠在一起，他能深切感受到她的睫毛慌乱地扫过自己脸颊。

他抬手，捏住她下巴往上抬高了点儿，略微粗糙的指腹轻轻蹭过她的眼尾。

下一刻稍稍斜额，吻住了那张柔软的红唇。

和上次在车上的那个吻不一样。

这次不再是蜻蜓点水。

黎想感受到他手掌抵住了她脑袋，杜绝了她往后退的可能性，而后舌尖撬开她牙关，滚烫清冽的气息通过吮吻喂了进来。

她大脑一片苍白，甚至忘记该怎么喘气，腿也早就跪不住，晕晕乎乎像是半趴在男人怀里。

两人距离拉到最近，唇齿碰在一起还不够。

薄浮林吻得过于尽兴沉迷，理智被情欲打倒，他顺应心意，把她整个人抱着跨坐在了自己的腿上。

良久后，急促的心跳声终于让他渐渐停下动作。

唇分开，四目相对，彼此眼里浓稠的眸色晦涩不明。

他口齿间尝到甜腻温凉的冰激凌，抹了抹她唇角的涎渍，哑声笑了下："陪我再待会儿？"

黎想紧紧攀住他手臂，胸脯起伏着，下意识地点头："哦。"

互相冷静片刻，她感受到他身体温度，虽然知道是正常反应，但不免羞赧。她缓解尴尬般开口："你……你没喝酒对吧？"

薄浮林唇角还有点红，被冷白肤色衬出几分妖艳。他就这么看着她问："明明很在意那一次，为什么一直不提？"

他一说，黎想就听明白了，有些别扭："你没忘记啊。"

"没有。"他垂眸看她，"是初吻，所以记忆深刻。"

她舌尖还有点麻，听见他这话，心里那方小天地像是要开满花："那你，想等我提什么？"

薄浮林懒声道："问你，你想要什么？"

关系、承诺，或者其他东西，都不过是爱情里的助兴词。黎想并不愿意计算得这么清楚，抿了抿唇："我想再亲你一次，刚才都蒙了，没感受清楚。"

没等他回答，她已经捧着他的脸吻了下来。

薄浮林搂着她，回吻前，含糊地笑了一声："顶唔顺（难顶）。"

她真挺会的。

他也真挺吃她这一套的。

3

网络上曾经有一个很热的话题，问的是"在一起没走到最后 VS 从来没在一起过，到底要选哪个？"

黎想一直以来给出的答案都是前者。

她相信人生大部分由体验组成，她只要活在当下的享受。

周四午后，容工在收到黎想那份标书的邮件后，花了两个小时给她圈重点。

容工以自己十多年的就业经历告诉她："只要有一个漏洞，就可能导致你几百页的标书全部作废。这是你第一次述标这么大的项目吧？"

黎想虚心听教，点点头："我之前有做过很多次模拟述标，实习期也竞过几个小工程，类似于市中心跨年灯展这种。"

"行，也别有太大压力，这一整份东西都已经准备了几个月，没有人比你更了解你的策划设计。"容工摘了眼镜，拿起她的标书，"不管怎么样，我还是希望你能顺利。"

"谢谢容工。"黎想顿了下，又问，"后天是您和我一起去香港吗？"

"按道理来说是，你让栾云去订明晚的机票和酒店吧。"

"好的！"

黎想刚从容工的办公室里走出去，就听见格子间传来的嘈杂聊天声，下午茶和点心的香气扑鼻而来，工位上还都摆着冰激凌和小餐食的外卖盒子。

"聊完了？"万澄笑着端着一杯巧克力味的冰激凌和餐点走过来，"大老板请客的，他说这家冰激凌好吃，请了整层楼！年轻人当老板就是慷慨啊！"

大老板指的是薄浮林。

他不常来，但大家都已经认识他。

黎想低头一看，认出来正是昨晚她吃的那种冰激凌，有些不太自然地挪开视线："昨天刚吃过，有点腻，我就不吃了。"

"那你尝尝这个。"万澄往她嘴里塞进来一颗脆青梅，偏头看了眼她后面，"他出来了。"

黎想一侧腮帮子还鼓着，咬着那颗酸酸甜甜的青梅转过头。

经理办公室的门大开着，薄浮林左肩斜倚着门框，身高腿长，衬得那扇门都比平时看着矮了不少。

他今天穿得倒随意，落肩款的休闲卫衣、直筒长裤，往那儿随意一站就和周围的经理、员工们明显区分开。

活脱脱一个纨绔二代的形象。

他正和黎想对上眼，看着她鼓起的腮帮子，眉眼间的冷峻懒怠消融了些，抬了抬手："你来一下。"

说完，他就转身往里面走。

黎想嚼了嚼把青梅吞下，抱紧手上的标书，过去之前还欲盖弥彰地喊了句："又要聊项目啊。"

刚进屋，她就迅速关上了门。

才转过身，就看见薄浮林抱着手臂站在门左侧的百叶窗那儿，两人隔着两步不到的距离。

他正低着眼睫，饶有趣味地观察她脸上心虚的表情。

"吓我一跳！"她还以为他坐在办公桌那儿，猝不及防地往后退开了点，"你、你站这儿干什么？"

薄浮林走近，把她往门板角落里堵："等你啊，怎么就吓到了？"

黎想手里还抱着文件夹，缓了口气："你叫我进来到底有没有事啊？没事我就出去了，现在是上班时间。"

"这么快出去。"他扬眉，意有所指，"不怕他们发现？"

发现什么？他俩算职场恋情吗？

可是他大多数时候也不怎么来这家公司啊。

黎想甩开这些无厘头想法，嘟囔了句："又没做什么见不得人的事情，怕什么。"

话刚说完，薄浮林就抬起她的脸颊，温热的吻在下一刻落下。不是浅尝辄止，而是唇舌间再度过于亲密的相碰。

她惊恐地推了推他，反被男人攥住手往后贴着门板。

薄浮林轻咬了口她的唇，高挺的鼻梁骨故意蹭了下她的软嫩脸颊："刚刚做了。"

黎想轻喘气，抬头看他："嗯？"

"这个。"他抹了抹她嘴角花掉的口红，哑声笑，"算见不得人的事儿吗？"

黎想脸颊微微泛红，手放下来拉他的衣角："真的不能在公司被发现，会被说闲话的。"

薄浮林意犹未尽地在她颈脖处理了会儿，像是吸猫般深嗅了一口气，闷着声："知道了，我去楼下等你。"

怎么让她听出股委屈的意思？黎想觉得是自己的错觉，但靠在她身上的薄浮林好可爱，也……好大一只。

原来和他在一起是这种感觉，她没忍住戳了戳他。

薄浮林慢慢站直，捏捏她手指，不跟她计较。他又伸手理了下她有些乱的头发，才打开门走出去。

黎想则低着脑袋不动声色地跟在他身后，回了自己的工位上。

他在楼下等她。

可是她要怎么若无其事地翘班啊？黎想抿紧唇线，仿佛还能感受到他残余的温度和气息。

发呆了没两秒，桌角被一只手敲了敲。

她错愕抬头："陶经理？"

陶丞微微俯身："明天下午和容工飞香港是吧？你们现在可以回去收拾行李，好歹也算个短途出差。"

"啊，好的。"黎想受宠若惊地站起来，"谢谢经理！"

她庆幸正好能光明正大地离开，拿出手机和要用的文件夹丢入包里，和身边的几个同事挥了挥手。

黎想想过和薄浮林约会，大概会去看电影、吃饭、逛展。

她了解他喜欢看的影片类型，清楚他吃东西的口味，也知道他常关注的那几位设计师在安清市办展的日期和地点。

可她怎么也没想到会被薄浮林带来一场拍卖会上。

两个人坐在前排位子，侍应生送上了茶点和小吃。她是第一次来这种场所，忍不住往周围扫视了几圈。

薄浮林把手掌放在她头上，将她转向自己："看什么呢？跟只好奇松鼠似的。"

黎想把他"制裁"自己的手拿下来，不满地按住他："我想看看有没有富豪大佬。"

"有啊。"他不假思索地指了指自己。

黎想"仇富"的心达到顶峰，好脾气道："除了你呢？"

"除了我全是电话委托，哪家老总有空来这种小拍卖会。"薄浮林端起茶杯抿了口，声音低得像自言自语，"但不来这儿，我也不知道今天要安排什么行程。你有想去的地方吗？"

这是因为第一次和女孩约会，所以苦恼攻略吗？

黎想讶异地看向他，情不自禁地笑了笑，摇头："没有，和你待在一起就挺好的。"

他拖着吊儿郎当的懒调："就这么喜欢我吗？"

"是呀。"黎想越战越勇，毫不犹豫地打着"嘴炮"，"喜欢到想和你天天黏在一起，看不出来吗？"

身边空位有人坐下来，听见这话往他们这儿看了过来。

薄浮林语塞，把她脸转回去，不自在地轻咳了一声："在外面收敛点。"

黎想见他一副"纯情小王子"的模样，大着胆子凑近："你害羞了？我还以为你喜欢追求刺激呢。"

不然怎么还跑办公室偷偷亲她。

话刚说完，薄浮林的手掌落在她后颈，没等她反应过来，耳尖一热，被他含着轻咬了一口。

黎想瞬间闭上嘴，耳根红到脖颈处，难以置信地盯着他。

薄浮林装得人模狗样，像是上一秒什么也没做，偏头肆无忌惮地看她："我确实喜欢，还继续吗？"

黎想往旁边挪开点距离，揉了揉被偷袭的耳朵。

薄浮林成功把人吓到，之后再怎么招手让她坐回自己身边，黎想都不肯。

被强硬拉回来时，她还防备地说："你别再啃我了……"

他被她用的动词逗笑，肩膀笑得一颤一颤，手指捻了捻女孩的耳尖，并不保证："看你表现。"

这场拍卖会规模不大，最贵的藏品也不过三百万，因此还真有亲自过来拍下藏品的小资老板。

薄浮林几乎没来过这么小的会场，对正在竞价的商品也不感兴趣，黎想也只是抱着看新奇的态度在看他们抬手加价。

十五分钟后，场上出现了一只成色和品相都不错的白玉镯子，标价十三万。

黎想对这种镯子最深的印象来自何夫人，常和何夫人搓麻将的那帮中年太太也常戴玉镯。

她不免朝台上那件藏品多看了眼。

薄浮林察觉到了她的兴趣，问了一声："喜欢？"

黎想还没开口，手就被他直接举起来了。

黎想："哎？"

这里的拍卖师都很专业，眼观四方，就算不举牌，抬个头的加价想法也被看得一清二楚。

拍卖师露出职业微笑，手掌朝上指向他俩的位置，念道："这位黎小姐二十三万！还有没有加价的？

"黎小姐二十三万……好，陈先生二十五万！

"二十五万，二十五万，还有没有要加价的？方先生电话委托加价到四十万，方先生四十万……"

这大概是拍卖会开始后抢得最激烈的一件藏品，黎想简直惊愕这个加价规则。

下一刻，自己的手又被举高。

她听见拍卖师字正腔圆的双语播音腔："黎小姐六十万，黎小姐六十万。好，还有没有加价？现在现场价是六十万！"

黎想慌忙收回手，一个劲掐薄浮林的胳膊："啊，钱！都是钱钱钱……"

又有人在加价，黎想悬起的心刚放下去，又被薄浮林的举动吊了上去——

他又在加价，这镯子都快升值好几番了！

薄浮林玩得不亦乐乎，一边举她的手，一边搂住她笑："放心，我带卡了。"

黎想根本挣脱不开他，肉疼："那也是钱啊！"

见她急得不行，薄浮林终于不逗她，解释道："这是我爸朋友赞助的慈善拍卖会。我爸交代了，总要带点东西走。"

黎想犹豫："真的？"

薄浮林点头，在不经意间又举了一次她的手。拍卖师在喊价，他还有空问她："这不挺好玩的吗？看你都兴奋起来了。"

黎想欲哭无泪，肾上腺素确实飙升。

镯子被喊到了八十万，后面喊价加码并不高，都是三万、五万地加，每件藏品都有它基本的标准线。

最后，薄浮林玩心大发，加上佣金一共九十九万九千一锤定音。

拍完这件，他果然没有继续留在这里。

牵着黎想去后台签字刷卡那会儿，薄浮林闲散地开口："你后天去述标，竞的工程可比这镯子值钱多了。"

黎想皱眉："这哪里一样？"

"都差不多。"他难得正经了点，看着她说道，"有些事只是看上去阵势唬人又神秘，但就像是体验游戏，只要认准自己的目的就能通关。"

她听出他的言外之意，情绪逐渐沉静下来："虽然我不会将拍卖会和竞标混为一谈……但你放心吧，我一定会赢下度假村的项目。"

薄浮林摸了摸她的脑袋："我相信你。"

4

我吃过饭了：容工说我们的航班升级成商务舱了，一哥这次拨筹居然这么大方！其实也就飞两个多小时。

我吃过饭了：上飞机了，我耳压有点高，待会儿不看手机。

我吃过饭了：到了，办理入住中……

我吃过饭了：住在"四季"，海景房好漂亮！晚饭是在酒店餐厅吃的自助餐。我查了下，明早步行到竞标大厦只要两分钟哎。

因为是一人一间套房，黎想在窗户边上沉浸地拍了很久的照片，挑了一张最好看的发给薄浮林。

但他没有及时回复。

这点倒也在她预料之中，他总是很忙。

打开行李箱从里面拿出电脑时，手腕不留神磕在了边角处，硬物相撞发出一声清脆的"当啷"声。

黎想动作一顿，连忙摘下手上那只玉镯子放在灯下看了看。

好险，好在没有碰出什么瑕疵。

这只黎想在拍卖会上多看了几眼后就被薄浮林一掷百万拍下的镯子最终还是被塞到了她手里。

尽管她以贵重为由一再推诿。

但薄浮林原话是——

"它本质不贵。因为你喜欢它，它才有百万价值。你不要它，它就什么都不是。"

黎想有些出神地盯着这只玉镯。

那在薄浮林心里，她配的到底是这镯子的哪一份价值呢？

想了想，她把镯子收进盒子里。自己平日里大大咧咧，项目下来后还得经常跑工地，并不适合戴这些"养尊处优"的易碎首饰品。

再说了，不管是原价的十几万，还是被拍卖后叫到的近百万……碰坏的话，都让人心疼。

我吃过饭了：如果中标后结束得早，我还可以在附近逛一逛，好可惜你没时间来。

我吃过饭了：不过你本来就在这座城市长大，应该也看腻啦。

今天很忙吗？

Fulam：嗯，刚闲下来。你在干什么？

"阿林，你什么时候养成的坏习惯？和长辈吃饭不要玩手机。"薄母不悦地敲了敲桌子。

薄浮林抱歉地颔首，将手机放在桌角一侧，低头喝汤。

薄父谅解地开口："忙工作吧？我听小柳说你最近从他手底下接过去好几个大业务，管得过来吗？"

"还行。"薄浮林言简意赅，"除了酒局有点费时间。"

薄父理解道："我知道你们年轻人不喜欢这一套。但你看看坐在上边的那些人，有几个是跟你一样二十来岁的小辈？他们已经习惯在饭桌上用几杯酒下肚来签合同的方式。你这也才爬到半山腰……就算到山顶了，还没站稳，只能入乡随俗。"

薄母接过话道："再怎么忙，身体最要紧。把工作和生活时间平衡好也是一个出色的成年人该具备的能力。"

"知道。"

薄浮林说是这么说，但还是看了眼亮起屏幕的手机，发觉并不是黎想回复的消息后，又不动声色地收回视线。

但薄母并没有点到为止，她抓住机会又聊起何家。

两家公司有个项目在考虑是否合作，对方家里对她很殷勤，而且两家子女年纪又相仿，上一辈人对年轻人的交往总是乐见其成。

不过知道自家儿子不喜欢将私事和公事牵扯上，尤其排斥所谓的商业联姻，因而薄母换了个迂回的问法："宝珠最近忙不忙？她之前说家里新进口了一批阿拉伯马，她母亲还一直邀我有空去挑挑。"

"没联系过。"薄浮林不冷不淡地抬眼，"需要我帮您问她？"

薄母听出他兴致不高，含糊地开口："你不太中意何家的女儿？我还以为你们至少能做朋友，那我可要好好考虑港口那个项目要不要让给他们了。"

"何家只有这一个女儿？靠她，那怕是什么项目也拿不到。"

薄浮林的嘴一向欠兮兮，评价起人来也不留情。

薄母斜了他一眼："没礼貌……倒不是只有一个女儿，还有个儿子继承公司呢，比你大几岁。"

薄父终于有插话机会："还有个小女儿吧。"

"多小？"

"跟浮林差不多，上回在俱乐部听老邓他们说过一嘴。都说有两个女儿，但小女儿不怎么出来见人。"

薄母平时并不关心这些八卦，只随口一句："不带出门，是家里生的吗？"

薄父只是笑了笑："没问这么细。"

夫妻俩云淡风轻地聊完这个话题，很快就换到下一个。

薄浮林倒是听进耳朵里，鬼使神差地想到黎想曾经出现在何家宴会上，支支吾吾编借口说自己是来应聘服务员。

又想起在 DK 大厦对面咖啡厅和何宝珠见面的那次，黎想分明下楼了，却又跑了回去。

如果是吃醋误会，她不会提都不提一句。

以及，何宝珠说过她有个学建筑的妹妹……

私生女？还是什么？

管他呢。

薄浮林并不在意黎想有个什么家庭，也不在意她的初始目的，至少她从来没有主动要他给过任何答案。

吃好后，他抿了口牛奶，拉回刚才的话题："背调没问题为什么不能和何家合作？"

薄母有几分讶异："你看过那个项目？"

"港口船舶和基建那一块，何家和绍氏的竞争力不分伯仲。"薄浮林眼皮耷拉着，微微皱眉，"绍氏愿意让利的点不多。何家小是小了点，但……还不错。"

也挺会养女儿的。

他指的，当然不是何宝珠。

桌边手机一振，他低眸看见上面显示的消息。

我吃过饭了：刚在泡澡，现在躺在床上看书啦。

薄父看着自己儿子瞬时变柔和的眼神，并不说破，只是饶有趣味地问了句："最近有新鲜事儿？"

"有很多。"薄浮林站起身，拿上手机，"爸妈慢慢吃，我先上去了。"

薄浮林上了楼，拐过两个墙角。他不是喜欢浪费时间打字的类型，直接拨了视频电话过去。

黎想接通那会儿，薄浮林正好进了房间。

她加了一件外套披在身上，盘着腿坐在电脑前看他，有点新奇地瞥了一眼他的卧室："你在家啊？"

"嗯，每周都会空一天出来和爸妈吃饭。"薄浮林坐到书桌前，手里捏着手机，懒洋洋地撑头，"你看的什么书？"

黎想举了下手里的书："《面纱》，这个老师的译本只有香港才有卖，我刚才出去买到的。"

"还以为你在苦背提案。"

"才不用，该准备的都已经准备好了。"她伸出食指，朝他嗦瑟地左右晃晃，"临时抱佛脚可不是我的风格，老板你别小瞧我。"

薄浮林指背抵着上扬的眼尾，懒散地笑。

他没试过和女孩煲电话粥，不过和黎想一起做这件事倒也没感觉到无聊。

事实上，和她做很多事都比自己想象的要有趣。

本来他是想看看她竞标前的心态，没想到她还挺放松，很让人放心。

"今天晚上从机场打车过来的时候感觉天气还不错，我之前还担心台风天。"

"今年台风在月初已经来过了。"他手腕搭在膝盖上自然垂着，松弛地说。

现在已经是九月中旬，但香港还是热得如同在盛夏。黎想靠近了点屏幕，皱着脸撒娇："刚在酒店外面我还被蚊子咬了呢……"

两个人就着夜色相隔几百公里闲聊，不知不觉就过了一个小时。薄浮林抬腕看了眼时间，催她早点上床睡觉。

黎想喊住他："等一下！"

他待会儿要进浴室，闻言不紧不慢地解着衬衫扣子，鼻音哼出一句："嗯？"

黎想看他不再继续脱了，才笑了一声："明天等我好消息。"

喊他等一下，要说的居然是这么一句话。薄浮林摇头，只是在下一秒，又顿了顿。

他原本是在期待她说什么？

薄浮林，你来陪陪我吧。

这句才是他以为会听见的。

于黎想而言，对他提出这个请求也并不过分。

她人生地不熟，第一次竞标这么大的项目，再怎么自信应该也会想要有一个人陪在自己身边，而他最应该是那个人。

薄浮林又不免在想，如果她真说了，他会答应吗？

推开手上的工作，飞过去陪她一天？

听上去也不像是他会做的事情。

他这些年回避、拒绝了很多会发展成情人的关系，被圈子里的朋友说"太过直男"。

但这也不过是他的自我主义心理在作祟。

他不想被一个伴侣掌控自由时间，也害怕被掌控。同时他又洁癖到不愿意乱搞男女关系，索性就不花功夫在这些事上。

对薄浮林来说，征服一个未知领域，比谈一场恋爱更有吸引力。

黎想显然不知道他的脑子在这几秒里转了好几圈，托着脸问他："你怎么不说话了，晚安？"

薄浮林看向她，直言道："我以为你想让我过来。"

"你过来也改变不了什么啊。"黎想坦然地开口，"述标不公开，你又看不到我怎么大杀四方。反正，等我凯旋吧。"

竞标的具体地点在 IFC 大厦的金融二期五十五楼，指针缓缓指向九点整，各大公司的代表建筑师都呈交上投标标书，在外落座排队，等候述标。

一间宽敞的办公室里坐着两拨人。

一是工程顾问。二是甲方，即勃海文化科技集团。

但这次有些不一样，薄兆的收购计划正在进行中，因此也派了人来审视这场招标会。

薄兆这边过来的是项目部的老薛，端着茶杯要落座时，对上一个不应该出现在这里的人，惊讶地喊了一句："小薄总怎么来了？"

身后有人在试用投影仪，光影一点点打到落地窗前。今天天气不错，大厦外面呈现海天一色的港岛景观。

薄浮林就靠坐在评判席位最边上的椅子上，肩背宽阔瘦削，穿得也随意，黑 T 恤加工装裤，踩着一双潮牌限量球鞋，手上还戴着一枚尾戒，有股不收敛的混痞劲。

老薛这么一喊，勃海那边一行人也吃惊地看过来。

他们都猜过这位莫名其妙出现在这里的男人估计小有来头，但没想到是能直接一票否决标书提案的身份。

薄浮林淡定地点头打招呼，让人把挡住视线的屏风搬到他面前，坐在角落开口："我来观摩，不参与任何评估。"

一群人摸不准这太子爷到底想干什么，但也只能讪讪同意。

后面等各大建筑事务所的建筑师进来一个个述标，薄浮林又确实在这办公室里没任何反应和交流，大家也就都没在意他的存在了。

进来述标的建筑师更不会注意到角落的屏风后面有没有人。

DK抽签进门述标的位置在倒数几个，到下午一点多钟，薄浮林才听见了黎想的声音。

计时器开始响起，黎想打开了PPT，配合叙述方案里的细节。

讲到城市广场的地标那一部分时，顾问打断她："请问你标书里五十七页中的这一句'城市给市民带来的归属感'是什么概括？这和我们的度假村没关系吧。"

黎想稳了稳神，从容不迫地道："你看见的是我选用的城市地标这一部分，佘山是安清市郊外最具文化特色的一处，城市广场的中庭……"

很多时候，顾问和甲方都会在对方述标时提问，有时疾言厉色，有时故意钻牛角尖。除了考量，这也是在测试建筑师对自己标书的熟悉度和掌握权。

叙述到尾声，勃海这边的人再次发难。因为对接了"海归"监理方，这次提问的人全程用的英语，质疑她的总费用过高。

其实看了这么多份标书，大家心里都有杆秤。DK的方案是不错，所以他们才更想压价。

顾问在此时又仓促地提醒她："你还有不到一分钟。"

屏风后面的薄浮林微微低下头，长指按了按酸乏的后颈。

他看不见台前人的表情，也不知道这几十秒的沉默里，黎想在做什么，又或者已经想不出反驳的对策。

只是下一刻，他听见了一道利落的女声，不由得缓缓勾唇。

黎想用英语回敬了对方的失礼之处，并且从结构功能到材料上都简略带过，说明了必要花销。最后，她明确地指出预估费用不可能改变。

"Less pay, less gain.（没有耕耘，没有收获。）"

沙漏滴完，黎想恰好准时叙述完。

她是越生气，反倒越镇静的人。

这点，薄浮林在第一次见她修理叶英武时就已经领教过。

一室寂静无声，刚才那位提问的"海归"也只能悻悻地点了点头："我了解了。"

后面几家建筑师依次述标完成，薄浮林并没有继续听勃海的人商量最终结果，他换了台电梯下楼。

等候开标的时间里，勃海作为甲方，自然大方地为各大公司代表准备好了下午茶，就在楼下一间西餐厅里。

金融中心大厦的西餐厅也藏龙卧虎，黎想和容工落座后，听见邻桌各种夸夸其谈，从市值、交易量聊到股市流动性，张口闭口都是亚洲前几。

果然，这里是一部分人的纸醉金迷、夜夜笙歌，但普通人感觉到的永远是天通苑的拥挤，是钢筋巨兽、高楼林立带来的疏离感。

"资质平平又欲壑难平的人很难在这座城市留下来。"容工说道，突然指了下她身后，"你认识的？"

黎想回过头，看见一位西装革履的男士正朝她招招手。

她想了几秒，认出这是她本科实习期间接触过的一位大佬。当时是她老师带她接了个私活，正是帮这位先生设计他买在苏州的一家私家园林。

大佬叫梁裕谦，是京市人，比她年长了近十岁。

他的餐桌被特地摆放在露台处，正好吹着海风。

请黎想过来后，梁裕谦体贴地为她递上一杯红酒："去年存在这儿的拉菲古堡，猜你喜欢喝。"

"今天不行。"黎想抱歉道，"今天有正事。"

"不是办完了吗？"他消息一向灵通，笑得谦和，"是楼上勃海的度假村招标会吧，有把握吗？"

黎想笑了笑："有的。"

"多大把握？"

"80%吧。"

她本来保守估计只有60%、70%的把握，但看了眼一起投标的公司，虽然不知道对方标书里的方案，但也没几个足以为惧的。

梁裕谦唇角笑容未减，亲昵地喊道："想想，你知道的，我可以帮你把这80%变成100%。"

从认识以来，梁裕谦对黎想就一直表现出示好的意思。对待一个女大学生，他甚至不需要太游刃有余的手段就能表现出自己的需求。

他并没有直接追求她，但见着她就说几句暧昧不明的话。或许是清楚她聪明，不需要把话说太透。

这次，他已经算是把话说得很明白了。

黎想看着眼前的西餐盘反射出自己的半张脸，蓦地抬眼："梁先生，我能不能问问您在这之前谈过几任女朋友？"

"两任。"

"两任是女友，还是女伴呢？"

他听出她的言外之意，面色自若地扯开话题："我今年三十一岁，你总不能要求我还和你们小孩子一样把一场恋爱谈得轰轰烈烈。"

"是的。"黎想坦诚地表示拒绝，"那您还能给我什么呢？怦然心动的初恋？还是能迁就磨合的三观？早十年前，您就什么都有过了，我只剩下您瞧得上眼的那点热血青春。"

这话实际上有点不太好听，指明了他只是贪恋她的年轻青涩。

梁裕谦笑了一声："想想，我承认你有点意思，也确实称得上是人才精英。但……就说这儿吧，你往楼下看看，香港最不缺的就是精英，多少精英熬夜加班就为了一个月十来万的工资。"

"我是涉世未深，但我不蠢。"黎想并没被他说动，反而站起身来，"您的冷静和阅历都是岁月痕迹，为人处世的经验之谈也是靠着家里的背景。您喜欢我吗？可您眼里流露出的玩味都不收敛一下。

"您在同龄人圈层满足不了自己这种优越感吧？而且——"她顿了顿，笑着说，"等再过十年，我未必在我的领域里不比您辉煌。"

梁裕谦面上依旧是挂着笑，面对一个小女孩的口舌之快，他连讽刺的话都不需要说出口。

他淡声："我真的很喜欢你这股劲儿。但太过，就会适得其反。"

黎想觉得自己刚才仿佛在对牛弹琴。

她脸色已经冷下来，并不愿意继续周旋，下一秒，却听见侧后方的玻璃门被敲了敲。

薄浮林斜倚着门口，手插兜里，衣摆半扎不扎地埋进裤腰。他微微偏头看向他们，也不知道在那儿听了多久。

黎想回头看见他那张脸，刚才的尖锐盔甲一下子就卸掉了。

……

"你什么时候来的？"黎想跟在薄浮林旁边，往电梯口走，心里莫名其妙地七上八下。

薄浮林牵过她手，眼锋下扫："'80%'那儿来的。"

他在重复她刚才和梁裕谦说的话，看来是真站在那里很久了。

不知道梁裕谦认不认识他，要是不认识，那他一个大活人在那里旁若无人地偷听也太奇怪了。

黎想微囧，尴尬地说："不是，我问你什么时候来香港的？"

"早上刚到。"

其实他是昨晚半夜到的，怕告诉她又影响到她。

电梯门打开，他们已经出了大厦。黎想才回神："等等，还没开标，应该快了。"

薄浮林把她拉到身前，捻起她贴在脸上的一绺碎发捋到耳后，勾颈贴近："容工不是还在吗？"

"但你都不好奇我们中标没吗？"

她边说，边急切地打开手机，点开屏幕一看，容工在两分钟前已经给她发来捷报：DK 拿下了。

黎想松了口气，把手机举到薄浮林面前："中啦！"

"开心吗？"

"开心啊！"她笑着晃了晃他的胳膊，"我说了会让你赢。"

薄浮林悠闲地看着她："做得不错，想要什么奖励？"

黎想有点犯难："没想过要奖励，加工资？"

"年终奖肯定会记你一笔，这是公司给你的奖励。"他喉结轻滚，捏了捏她的手指，"我给你的奖励要另算。难度系数大一点的，会让我更有兴趣。"

周围路人来往匆匆，英粤语言掺杂其中，午后阳光见缝插针地从密集高楼的间隔里落下来。

炽热咸潮的空气里，黎想开始思考港岛漫长的夏天到底会蔓延到何月何日。

她的目光越过他肩头，看向矗立于城市大厦后的太平山顶，随口说了一句："如果我希望，山顶白加道今晚只为我开呢？"

Chapter 5
过夏天

年少时的望而不及。

1

旁人提到香港，无疑想起的是太平山顶、维港烟火和穿梭在大街小巷中的复古红色叮叮车。

各大地名被歌手们拿来创作，但山顶白加道却极少会有人特意提起。

黎想也只是随口一句。

控制住一条山顶豪宅门口的路，难度堪比登天。

可是，当薄浮林真打了通电话后就开着车带她上山时，她开始思考驾驶位上的这个男人到底还能为她的一时兴起做到什么程度。

车停在一栋三层别墅的门口，薄浮林为她开了车门："在想什么？"

"我第一次来这里。"黎想忍不住打量这片居民区，"这就是白加道吗？"

新闻里，关于山顶白加道这几处数千尺房产的报道都是在说成交价超过多少亿，拍下的照片也都恢弘大气，汉白玉的外墙建筑，比起欧式风格的城堡皇宫都有过之无不及。

但真踏在这条路上看过去时，分明只是一处僻静的富贵园林而已。

"很失望吗？"薄浮林向她科普，"山顶白加道一共也就一千七百米长，那边就是另一条路了。"

对面的路牌上写着"侨福道"三个字。

"失望说不上，就是觉得好安静。"静到黎想甚至听不见树上的蝉叫，这里和想象中的毫不一样。

薄浮林倒有些不解："不是你说，要它今晚只为你打开吗？"

她本以为只是来这里看看，却没想到他真的为这句话买单。黎想猛然抬头："你、你不会……封路了吧？"

他微微偏额，不太在意地说："一个晚上而已。"

薄浮林自己就是白加道豪宅的业主之一，做到这件事并不难。

新闻里提过的富豪很少真的住在这儿，购买房产只是这些商人的投资。事实上，住过这里的人一致认为山上雾气大，湿气也重，不如浅水湾那边的房子朝向好。

被他轻描淡写地这么一句略过，黎想才后知后觉地发现面前的坡道往上走，就是太平山顶的游客景观区。

平时大概也有私家车从这里通行，但这会儿格外寂静。别说车了，除了他俩，连个路过的人都没有。

黎想心里澎湃到有股异样感，从山道的栏杆那儿往下看，曲折弯道上果然有断断续续上山的车被拦在下面。

为首那辆车的司机正在和安保人员交涉，后方也有人陆续下车，上前问是什么情况，但显然在洽谈过后无功而返。

"可以了。"黎想转过身，有些无措地解释，"我本来只是随口一说，没想过要霸占整条路。"

薄浮林皱眉："这不算霸占，这本来就是小区的路。"

这条路连通了太平山山顶道站和摘星阁景点，算近路，因而不少开车的游客上山都会走这里。

可山顶白加道本就是传统住宅区，地皮私有。在路口设置保安也是为了防止巴士、的士、货车和私家车的出入，只是这些年没人较真地去禁止而已。

黎想理解他的意思，但还是羞报地开口："突然封路对不知情的游客来说也挺不方便的。"

薄浮林低眸："这是你要的奖励，我想履行。"

"是啊。"黎想笑了笑，拉住他的手，"你已经履行过了，我拥有了十分钟的愿望成真！这条路至少真的只为我开过一次。"

她在今年的夏天结束前，已经得到太多意料之外的美好。

他们没有继续耗在这条山道上，薄浮林把她带回了自己家。准确来说，这里只是他十岁之前常住的一处房屋。

薄母是土生土长的香港人，外祖父家里经营酒店生意。薄父老家在京市，家中从政。但自从薄老爷子退下来后，薄父便搬来了安清市经商，很多年没再回京市。

而薄浮林的童年也因此分给了这两座城市。

但十岁之后，他除了春节陪同母亲回香港祭祖和看望娘家亲人，就极少住这里了。

黎想听他提起这些，才恍然大悟："难怪你转学过来的时候，普通话就讲得这么好……一点港音都没有。"

"你这是地域偏见。"他戏谑地开口，"我身边年轻一辈的普通话都讲得挺好。"

黎想模仿了一句很怪的发音："系咩（是吗）？"

薄浮林顿了顿，憋着笑捏捏她的脸颊，配合地回道："系啊（是啊），黎小姐。"

她乐得不行，又好奇地问："那你的名字和这里有关吗？"

薄浮林耸肩："当然。"

南区有条名叫"薄扶林"的道路，薄扶林村也是薄母祖籍发迹的家乡。当初他母亲北嫁，外祖父母都不舍得这个女儿。

他出生时是外祖父给取的名字，和"薄扶林"只一字之差，有份念想家乡的意头在里面。

黎想了然地点点头，轻声自语："所以人人都爱太平山顶，我偏中意薄扶林。"

山顶白加道里的别墅正门都不在路边，高架斜道连接的路口有保安巡逻，大门铁闸上贴着"私人属地，请勿入内"的告示，处处体现出了私密度。

薄浮林虽然不常回来，但别墅内基本每月都有人来打理一次，因此空间虽大，处处都很整洁。

院子里还养着一棵蓬勃生长的蓝花楹树。偏厅里摆放着被布盖上的钢琴，墙上挂着很多老照片，黎想看见了薄浮林的高清童年照。

原来他小时候就常摆着张跩脸，还戴着夹耳式的臭屁耳钉。

黎想站在那处欣赏了会儿，才想起去卧室找薄浮林，他正在翻书柜。

她在门口探出头："你在找什么？"

话落，他正好拿出一瓶"双飞人"看了看日期，让她坐到床上："裙子捋上去点。"

黎想腿上被叮了不少包，昨晚还跟他抱怨过。

薄浮林半跪在她面前，拿着棉签给她擦了擦被叮肿的几处。女孩皮薄肉嫩，叮咬的伤口看着有些触目惊心。

他不禁问："这么招蚊子，你什么血型？"

"B型。"黎想被他握着脚踝，不太自然地蜷了蜷手指，"本来没这么严重的，是我抓痒抓得太狠了。"

"还得给你剪指甲吗？"薄浮林哭笑不得，叮嘱道，"擦过药就不要挠了。"

"我知道了。"

她皱皱鼻子，视线落在他这间卧室里。

衣柜开放式的区域摆放着他的一套校服，黎想记起来："这是你中学的校服吗？我记得你开学第一天就是穿着这套过来的。"

他中学在本港的圣保罗男女中学念书，制服是清一色的蓝西装、白衬衣和黑西裤。

薄浮林早已经没什么印象，没所谓地"嗯"了一声。

他们下山前在这栋别墅里转了会儿，像朋友一样闲聊，分享过往。

薄浮林对这座城市的记忆是爬山虎攀在红砖墙面上，被风吹得"哗啦""哗啦"响；泳池里偶尔传来排球砸下去的水声；门口那棵蓝花楹树被日光照得明亮；外头的柏油公路上有车呼啸而过，对偌大的"Slow 慢驶"标识视而不见；小猫踩过三角钢琴的黑白键……

天台处吹到的海风太过潮热，往下看是大半个经济特区的傍晚景观。

黎想心不在焉地听着，心里却记挂起他年少时打着领带、穿白衬衫校服的模样。

没想到在六年后的这一天，他主动填满了她错过的时刻。那些没见过的日子里，薄浮林依旧熠熠生辉。

太阳落山时，他们也终于要下山吃晚饭。

薄浮林开了一辆黑色宾利，这边的车牌号能自行定制，他的则是他的英文名字。

下山途中，薄浮林没有走原路。大概是为了带她兜风，他开车走了沿山腰的芬梨道。

黎想听过一首歌叫《芬梨道上》，歌评中说"芬梨"的发音与"分离"相同。因此，迷信的情侣在游览山顶时多数会避免走这条路。

她不认为薄浮林不知道其中的故事，但或许在他眼中，走这条路也没关系。

情侣们会避讳分手，可他们又不是奔着长长久久去的情侣。

这山顶何其矜贵，怎可给停留一世。

只得很少数伉俪，在这风景线上建筑关系。

这山顶如何高贵，似叫人踏上天梯。

可惜像雾都污秽，令这海景变成个谜。

……

街灯在歌声里一蹴闪过，下山的路短得出奇。

黎想用余光看他清然立体的眉眼，忽明忽暗的光影里，显得棱角尤其冷峻。

下一秒却被抓包。

他笑着问到底有什么好看的，她但笑不语。

他怎么会知道……和他一起闲逛他的城市，对她来说意义重大。

他们在弥敦道街角一家老牌冰室吃的晚餐，悠悠扬扬的老港乐中，她听见薄浮林用粤语和服务生闲聊。

他平时已经很少讲粤语，但一开口的感觉真的不同。

因为是太熟悉的母语，薄浮林咬字比平常倦懒、慵贵缱绻，低嗓时让人无端心动。

他交代好了将黎想点的冻柠七换成常温，递过来："你看上去不是第一次来这儿。"

"我大三时有个三个月的交换项目，是在港大读的。"黎想如实道，"没待多久，虽然菠萝包里没有菠萝，但我还是很喜欢这座城市。"

她望向窗边："居然下雨了哎，我还说今天天气很好呢。"

薄浮林习惯了这边的天气："夏秋季交迭是这样的，也许一会儿就停了。"

"街景真美。"

黎想顺便从包里拿出伞。

正如薄浮林所言，这场突如其来的雨只是为港岛入秋降了点温，下了没多久就停止了。

因此，她走时也忘记拿上这把伞。

车往维港开，本该是要开回黎想住的酒店，可细雨再次落了下来。她有点惆怅地看着车外："不开车了吧？我们出去逛逛。"

停车场车位不多，薄浮林停在了最外面的位置，疑惑地重复一遍："现在出去？"

黎想已经打开车门，站在车窗口弯腰看他，有些兴奋："淋一会儿不会感冒的，雨天也有雨天的浪漫啊。"

薄浮林最终妥协地下车，拉过她的手攥在掌心，低喃了一句："小疯子。"

黎想被他揽在怀里，脸颊微热，故意用惊讶的语气问："糟糕，你爱上我了吧！"

薄浮林亲了亲她的发顶："是啊，香港都下雪了。"

她纳闷地抬眼："香港哪里下雪啦？"

他学着她娇娇的语调，挑眉反问："我哪里爱你啦。"

黎想轻鼓了下腮，不跟他计较，索性拉着他往前跑，和所有躲雨的路人背道而驰。

K11 的西餐厅里传出钢琴曲，细雨也慢慢停下。

薄浮林终于扯住她："雨天路滑，你还想跑去哪儿？"

黎想微微喘气，她不常运动。她靠在维港海边的铁栏杆上，仰起脸对他说："想游到海水变蓝，走到港岛变暗，等到薄浮林说要和黎想谈恋爱。"

女孩的额发已经被雨稍稍打湿，两颊白净，眼睫毛上沾了雾气，笑得却很漂亮天真，朦胧霓虹洒在她肩身。

那十本书里是这样教她的吗？

变成猫，变成虎，变成现在这样的湿漉漉小狗。

薄浮林漫不经心地想着，伸手捞过她的腰。

吻上去之前，他给出回答："那就谈恋爱。"

2

薄浮林真不愧是品学兼优的优等生，才亲过这么几次，吻技就大有进步。

他抬手扶住黎想的后脑勺，将人裹挟进怀里，舌尖侵入，伴随着似有若无的吞咽，呼吸间都是潮湿海风的味道。

身后是变化的维港光影，海面被风吹起波澜。被男人的指尖碰过的每一寸肌肤的触感都格外清晰，带着侵占意味。

黎想和他身高差太多，踮脚太久，虽然被他手臂捞着，但也费了不少力气。

在她累得不行时，薄浮林总算把人放开了点。他气息略沉，眸色深深："今晚可以不回去吗？"

黎想的鼻尖被他轻轻蹭着，逐渐意乱情迷。成年男女，情到浓时。他这话，是她以为的那个意思吗？

"我……"她理智渐渐回笼，有些为难地说，"我在生理期。"

他沉思："哦。"

彼此沉默了会儿，薄浮林像是实在忍不住，笑了起来，温热干燥的掌心摩挲了一下她的后颈："我只是想问你能不能陪我去隔壁玩。"

黎想的脸色稍稍僵硬，抬头看他："隔壁是指哪儿？"

他说："澳门。"

噢，对啊，隔壁是澳门……那她刚刚在犹豫纠结什么？还主动提什么生理期。

黎想反应过来，窘迫得脸都红了，直接一头撞进他怀里，闷着声苦巴巴地说："求你把我刚才的话都忘记！"

薄浮林乐得不行，被她报复性地掐手臂警告也没停住笑。

从这边开车过海去隔壁的澳门要一个半小时，直升机过去却只要十五分钟，太子爷当然选择不费工夫的后一方案。

所以，今晚要是没意外，肯定要留在澳门睡了。

工作已经完成，这趟出差之旅到明天就会结束。黎想倒是不担心别的，只是想起了被她撂在酒店的容工。

薄浮林把她送回酒店收拾行李，跟着上了楼。

黎想为避嫌，也不好去敲对面容工的门。

这个点说早不算早，才九点多钟。她在进洗手间后，打开手机给容工发去了消息。

意料之外，容工回得很懂人情世故那一套：明天我自己回安清是吧？知道了，你也不用担心，我嘴巴严实。

黎想看着对方的回复，总觉得自己应该解释点什么，但想了小半天，仍旧不知道该怎么说。

她叹了口气，往卧室看过去。

薄浮林正半蹲在床边，勾着修长的颈，把她的电脑和文件包装进行李箱里。从这个角度看，男人深隽英朗的侧脸轮廓一览无余。

虽然他从小养尊处优，但也足够独立，生活技能点满，做起这些烦琐的事情来，倒真有几分三好男友的样子，有种稳重靠谱的安全感。

直升机在香港上空飞过，越过沉寂在夜间的山海，黎想还没看够夜景，就已经落地另一座城市。

还没两分钟，来了一台商务SUV接他们过岛。

司机开车上路后，说褚少他们都在。

黎想猜他说的应该是薄浮林的那群玩伴朋友，不过她只知道其中的段明昭。

她对香港还算有点熟悉，但没来过对岸的澳门玩，因此看着也有些新奇。

车往美高梅酒店门口开，她从车窗看出去。

正巧传说中恢弘的美狮特效出现在了那面波浪式的玻璃外墙上，黄金、玫瑰金和白金三色相间，它悠悠晃晃地走过去，像是迎接什么重要客人。

来开车门的男人自行报了名字，职位是这家酒店的营运行政总监，对薄浮林很恭敬，说已经准备好了房间。

总监招了招手，身后有个侍应生接过黎想的行李箱。

"行李会帮您送到楼顶套房，段少他们在楼上。"一位穿着旗袍的女人做了个手势，在他们前面礼貌地带路。

"段明昭他们应该在玩球。"薄浮林百无聊赖地看了眼手机，俯身问，"保龄球会玩吗？"

黎想苦恼地摇头："没玩过。"

他倒不在意："不要紧，待会儿教你。"

他们乘着扶梯上楼，黎想看着下面宴会厅堂的设计，不由得感叹地指着右侧车站说："之前我在书上看过这个，实物原来是这样的。"

薄浮林也有点印象，点头："仿的是葡萄牙里斯本车站。"

她赞同，表示出专业性："还融合了'泰坦尼克号'的风格呢。"

整间酒店内部呈现的是欧陆建筑风格，犹如宴会殿堂。侍应生把他们带到了一间房间门口，一开门，里面的烟酒气便飘出来，脂粉香水味道也浓厚，倒不难闻，男男女女在音乐声中谈笑。

在一张张陌生脸孔的打量里，冲过来的岑雪拉住黎想的胳膊："黎想？记得我吗？"

黎想吃惊地点了点头："记得，我去过你的生日会。"

"刚刚怀安说薄浮林会来，没想到是带着你来啊。"岑雪热情地拉着她要往里走，"我正说今晚上无聊呢！"

这里头深不见底的生疏感让黎想有些不知所措，回头看薄浮林："那个——"

薄浮林却正好被一名服务生喊住，对方拿了一张便笺，似乎是有要紧事找他。

察觉到黎想求助的视线，他回头走近了些，安抚地摸摸她的脸颊："你先和岑雪进去，我一会儿就过来。"

说完，他又看向岑雪，眼神里透露出"好好看着她"的意思。

"好啦好啦，我还能把你女人卖了吗？"岑雪和他认识多年，当然清楚轻重。

保证过后，她才转过身温声细语去缠黎想进门。

那扇门缓缓在薄浮林面前关上，边上的服务生还在等他回答。

薄浮林睄了眼便笺上的那行字："他在楼下等？"

服务生谨小慎微地用粤语开口答复："梁先生说，您想在哪儿见他都行。"

话说完，从拐角过来的段明昭大刺刺地跟他打招呼："阿林，你来了。怎么不进去？你猜我刚才碰着谁了？"

薄浮林不意外地晃了晃手上那张便笺："别告诉我又是那位梁裕谦。"

段明昭大笑："还真是！他怎么得罪你了？从香港追到澳门来，说和你有点误会，想当面聊聊，还让我给牵个线。"

梁裕谦是京市那边的，也算是个人物。他们这个子弟圈子就这么大，平时置换资源来来往往也就都认识了，真说谁低谁一等也不至于，但就算是看在薄家老爷子的分上——

梁裕谦今天当着薄浮林的面和黎想说了那些话，也够他马不停蹄地来解释了。

薄浮林将那张便笺揉皱，往边上的垃圾桶里一扔，随口道："他老牛吃嫩草，手都伸到我身边了。"

他淡淡撂出这么一句话，把身边那传话的服务生吓得脸都白了不少，尽职地连忙澄清："梁生说是有误会，是来找您赔礼道歉的。"

段明昭倒都听明白了，"喊"了一声："这不是告诉你怎么回话了吗？不见。"

服务生不敢再触这些公子哥的霉头，应了一句就赶忙离开。

段明昭这才笑嘻嘻地上前打趣："还是上次那位'老同学'吗？你来真的？"

薄浮林威胁地瞥了他一眼："我什么时候来过假的？"

段明昭对黎想压根没什么好坏的印象，闻言"嘿"了一声，边开门边没个正形地说："行行行，就您薄少爱玩真的！我们都假模假样的行了吧。"

屋里已经玩得热火朝天，黎想在和岑雪她们几个女孩比赛打保龄球。

褚杭先注意到他俩进屋，下巴一抬，招呼道："阿林，你带来的那个还挺会玩的啊！怀安他老婆对她稀罕得很。"

不知道是不是在和旁边那位穿着包臀裙的女人比，对方看上去游刃有余，扔了个弧线球全中。

黎想蹙眉盯着她那战绩，不自知地磨了磨牙。

褚杭在一旁看戏，乐悠悠地说："哎，你们看见她那眼神了吗？"

薄浮林侧眸，不解地问："什么眼神？"

"她进来那会儿站在小雪边上跟只小白兔似的，还以为好欺负。"

褚杭往那儿指了一下，"现在难得这么严肃，是想赢的眼神啊。"

段明昭也吹了声口哨，感慨万千："你还真是要么不出手，要么就找个这么对自己胃口的，她和你很像。"

薄浮林笑了笑："难怪。"

"难怪什么？"

旁边一人笑着接腔："还问？没看见你薄少有点陷进爱情里无法自拔了啊！"

"真的假的，在谈了还是怎么着？这到什么进度了啊？"

薄浮林没搭理他们不着调的调侃，拿着一盒手工糕点走过去，喊了一声："好球。"

黎想那挨着边的球刚丢出去，都没看见砸瓶就被他这么高调叫好，她有些哭笑不得地站起身看他，带着几分埋怨。

但她刚才那股凝重的汹汹气势早就没了，反而像是软绵绵的撒娇。

薄浮林指了指终点线那儿："全进了。"

她回头看了眼，没在意这场比赛结果，走到他面前拿走他手上的糕点盒，里面是麻薯："你明明不吃抹茶味的啊。"

他眼尾噙着笑，自然地说："光顾着看你了。"

被当成电灯泡的岑雪挤到这堆男人中间，喝了口果汁，点评道："朝气蓬勃，性格又好，眼里除了他这个人就没别的了。别说薄浮林喜欢，我也喜欢啊。"

球没玩多久，几个男人就聚在了牌桌那儿。

黎想坐在薄浮林身边，保龄球她还能现学学会，这些牌局规则就难多了。

推车送进来的酒更新了两次，段明昭喝得最多，输得貌似也最多。

"你玩吗？"薄浮林突然转过头。

黎想嘴里还塞着一只热气腾腾的蛋挞，闻言眼睛猝不及防地瞪圆了，跟只仓鼠似的眨了眨："我？"

薄浮林被逗笑，给她递上一杯牛奶，问："看了这么久，不想上上手？"

那边褚杭听到他们说话，抓住机会怂恿："来呗，想姐，这把要赌上阿林那台宝贝的科尼赛克跑车！"

岑雪丢了一颗夏威夷果过去，护短地骂道："你也好意思说？"

褚杭压根藏都不藏自己那点心思："不是，那让我开段时间也行啊！"

薄浮林后来还真让黎想上手玩，这晚她过得有些稀里糊涂。

或许是因为他把她圈在怀里，时不时亲她耳后，太过亲昵的行为让她拿错好几次牌。

牌局结束后，一块儿去洗手间的岑雪跟她说："你和阿林真好。要不是你说困了，估计还不会结束。"

说困了，那只是她累了想甩手的托词。但仔细想想，薄浮林确实是在她说完后才不玩了。

黎想慢吞吞地走出洗手间。

薄浮林正站在二楼扶手那儿等她，看见她脸如菜色，牵过她手揶揄道："已经困成这样了啊？"

时钟指向凌晨 1 时，酒店大厅里却并不安静。

黎想被他领着去了休息的套房里，她的行李箱摆在客厅的茶几旁边。

套房是一室一厅一卫的布局，只有一张床。

大概是真到半夜，头脑也发热。黎想坐在床边，脱口而出地问："你今晚是跟我一起睡吗？"

薄浮林垂眸看她，蓦地压下来，把她卷进大床的被子里，身上的杜桑味道包裹着她。他将脸埋在她脖颈处嗅了嗅，在笑："黎想，我不是神。你最好去除一些主观上给我增添的魅力，别把我看得太高。"

她真有些困了，嘟囔："为什么突然跟我强调这个？"

学生时代到现在，他几乎算她的标杆和动力。

薄浮林不想承认自己的畏怯，也从来没想过自己会在一个女孩面前有这种心理。他不顾形象地狠狠亲了她一口："期待过高，更容易失望。"

黎想揉了揉被他的唇瓣压疼的脸，淡淡地道："可我这么喜欢你，我自己都不知道怎么样才会对你失望。"

不知道从什么时候开始，每一次她语气平平地告白，他心跳都加速到狂震。

3

今天晚上也过得很开心呢。

薄浮林的吻落下来时，黎想闭上了眼，迷迷糊糊地这样想着。

大概是她下意识地表白心迹让薄浮林有些失控，心里涌起一种难以名状的情绪。这个吻也格外来势汹汹，含着淡淡烟草味。

薄浮林从来没有试过在冲动下飞来另一座城市，可是这种感觉比他想象中好太多。

他的精力没有白费，和她的约会也不是蹉跎时间。

他见过她太多面，竞标时侃侃而谈的自信和野心，面对有身份地位的年上者给出的诱惑不为所动，在玩乐时那几个小表情也是意料之外的反差萌。

黎想从出现在他面前开始，就不断在给他惊喜。

"为什么这么香？"

深吻过后，他又细细啃噬她后颈的敏感肌肤，手已经无师自通地往下四处游移，掌控住女孩的美好胴体。

"这家酒店的沐浴乳好像是潘海利根。"黎想分了点神，认真地道，"玫瑰味是有点浓。"

薄浮林被她这句耿直的话逗笑，指尖揉捏她清瘦凸起的脊骨，语气暧昧："不是这么回答的。"

她很好学地问："那要怎么回答？"

他低声笑了："你不会？"

"不会啊……你……"黎想整个人被严丝合缝地压住，有点承受不了他这人高马大的体型，小小声地问，"要我帮你吗？"

薄浮林还没来得及阻止，她已经开始助人为乐。或者说，她似乎对探索他的身体期待已久。

房间内除了空调和空气加湿器的机械启动声，多了一层隔着被子的闷喘。他在出汗，她也像被传染般慢慢湿透。

她红着脸蹭在他胸口处，手酸到快抬不起来，新鲜劲被挫败感取而代之，有些抱歉地问接下来要怎么办。

"转过去。"薄浮林把她可爱的模样看得一清二楚，喉结微动，让她翻个身背对自己，哑着嗓子"啧"了一声，咬住她耳尖的力道都重了不少："裙子很漂亮。"

其实她昨天因为要竞标，穿的是套中规中矩的西装商务裙，丢进中环金融大厦里那群白领中都找不出来的那种。

黎想被他滚烫的呼吸弄得心猿意马，能感受到身下这条裙子已经褶皱得不成样，也即将会被弄脏。

……

终于重新回到平静的面对面姿势。

黎想摸着胸口和锁骨处，泪蒙蒙的眼里含着水雾，抱怨地说："你真的很喜欢啃人。"

薄浮林见她的困劲都被自己折腾没了，笑着亲亲她的脸颊，忍着没继续咬上一口："也不是啊，只啃你而已。"

男人在床上的话总是好听的，黎想并没去深究这句话的意义。

因为是会员常客，雍华府的这间套房大部分时候只提供给薄浮林。但她住在这儿，他今晚看上去就不像能安稳抱住她睡着的。

所以他磨蹭了会儿，喊来客房服务换好新的被套就离开了。

黎想这一晚睡得极沉，醒来没多久就接到了薄浮林的电话。

"醒了？在干什么？"他貌似听见"滴滴答答"的水声。

她关住花洒，如实开口："在洗澡。"

喉间的干涩感让薄浮林顿了下，指尖的旖旎记忆也被强行唤醒：

"那怎么还接我电话？"

黎想还有点刚睡醒的呆，坦诚地说："怕你等会儿就不打了。"

薄浮林微愣。

谈恋爱这么好玩，他以前怎么会觉得身边那群经常拍拖的朋友很傻的？

"先洗，等会儿还打。"他提着礼盒站在她房门口，补了一句，"早餐想吃什么？"

她记起昨晚在床头柜上看见的餐厅介绍："去涛岸吃吧。"

黎想洗澡洗了很久，带着股延缓的害羞感回忆了下昨晚被薄浮林碰过的地方，在充满雾气的镜子里看到自己后颈上被嘬出来的红印还没完全消掉。

她对那样陷在情欲里的他感到有些陌生，又有些不可思议，好似将神祇拉下神坛。

六年前连名字都不被薄浮林记住的自己，能想到有一天会和他以情侣的关系走到这里吗？

她在庆幸中，不忘那份如履薄冰。

现在得到了太多，分别时也一定会更不舍。

但这片刻矫情的犹豫在薄浮林发来消息后一晃而过，黎想还是想先抓住眼下。

出门去涛岸找薄浮林时，她看见他面前那张小桌子已经摆满了各种早茶茶点——菜心、牛腩、咸水角和炒面。大概是一大早心情不错，他还优哉游哉地拿起旁边的小碗舀上了粥。

比起昨天那套随性的大男生工装穿搭，他今天倒是换了偏冷感的廓形风衣，灰棕撞色偏克制禁欲，衬出冷白皮。衣架子般的高瘦身材，脸又正点矜贵，举手投足间像在拍英伦电影。

黎想还没上前时，一位美女已经慧眼识珠地捷足先登，踩着双银色高跟鞋在打量须臾后主动出击，顺势坐在他旁边，笑着问他是否有女伴。

薄浮林似有心灵感应般，抬眼朝门口看过来，眉骨微抬："女伴在那儿呢。"

黎想受到邀约，应声进去，礼貌地对搭讪者微笑表示了抱歉。

银色高跟鞋女士不死心地追问了句："是男女朋友吗？"

"当然。"薄浮林出声道。

"闲杂人等"终于依依不舍地离开，黎想坐到位子上放好包，奖励般地说了一句："表现不错。"

他给她烫着勺子，侧了侧眸："要是表现不好会怎么样？"

"难说哦。"她学他平时散漫的腔调，拖着音，"我可不是把你备注改成全名就能消气的小女孩。"

"看着不还是个小女孩吗？"薄浮林轻笑，又上下扫了眼她，"还挺合身。"

说的是她今天穿的这条裙子，是他早上放在她房门口的。比她昨天穿着的那套日常许多，胸口开襟有些大，裸露出的白皙肌肤和少女感蝴蝶结相呼应，纯情中带点欲感。

"你又不是没看到我的行李箱。"黎想咬了口牛腩，好奇地问，"我带了衣服来的，怎么你还多买条裙子？"

他面色如常："赔你的，昨晚弄脏了。"

"咳咳——"毫无疑问，她被他的口直心快给吓得呛到，"可不可以，不要在我吃饭的时候聊那个。"

薄浮林并没掩饰自己的愉悦，嘴上说着抱歉，但唇角的笑一点也没往下压。

一顿早饭吃得有滋有味。

吃完后，他们绕着酒店散步消食。她对他，像是总有问不完的问题。

从他在外留学时接触的各种乐子，到创业初期碰过的壁。他在社交平台上发的一些意味不明的符号也在此时被他亲自揭晓了答案，省得她对着手机一遍又一遍地猜。

黎想把话题延伸到他挽起袖子的小臂上："这里为什么是一只和平鸽？"

"申请麻省理工学院建筑系之前，我一直很喜欢毕加索，作品集里十幅画有八幅是学习他的素描。"薄浮林牵着她的手，步伐迈小了些，"转专业那天，我总觉得应该留下点什么，就把他的代表作和平鸽留在这里了。"

黎想第一次听他提起转专业的事情，不禁问道："是因为舍不得吗？"

他点头："有不舍，但决定已经做了，我从来不回头。"

从建筑系转到商科，在他看来不过是理想向现实的过渡。

她的少年在很早之前就接受了这样的转变，也足够出色，在自己选择的路上走得很好。

黎想感叹："都读了快两年建筑，转专业去学商科肯定很辛苦。"

"差不多，挑灯夜读。"他开玩笑地说，"也算吃了高三没吃过的苦。"

薄浮林原本猜想她应该还会对他手上的数字"0923"有疑问，她却将话头止住了。

他总算主动问了她一个问题："是香港好玩还是澳门好玩？"

黎想诚实道："澳门好玩，但我还是更喜欢香港。"

她喜欢含有他名字的那座城市，喜欢山顶白加道上吹来的晚风，也喜欢在维港雨夜里的那个吻。

今年的夏天要结束了。明年，他们还有机会一起来吗？

4

出差结束后，薄浮林忙得不可开交。

他每天一堆商会应酬，还要出席市里的政协青年会谈，算是出足了风头。同一阶层里的青年才俊几乎都知道了薄家这位崭露头角的小公子。

而黎想也同样回归了正常办公的作息。

一周后，她正式承接了佘山度假村的项目。除了协助施工图方案等设计文件的审核与报批工作，还要准备设计招工程集团的投标。

周四下午，她在焦头烂额时恍然发现薄浮林早上给她发的消息，她到这个点还没回复。

那句话怎么说的来着？

爱是驯养。驯化带来服从，放养保持新鲜。

黎想自行安慰道这不是对他的忽视，而是战略。然后，她默默发去一个"跪倒"的表情包求原谅。

薄浮林的视频电话打过来时，她正约好了人在咖啡厅。

距离约定的时间还有十分钟，对方还没来。黎想很快接通视频，撑着脸和他打招呼："你在干什么啊？"

那边是办公室的背景，薄浮林把手机横着放在一边，戴着副黑框眼镜，那张棱角分明的脸怎么也和书呆子扯不上边，不显木讷，反而有丝青涩的孩子气。

"我还有五分钟下班，来接你吃饭？"

"我可能还要一会儿。"她报了咖啡厅的地址，不自觉地向他说了遇到的难题，"……勃海那边对城市广场的地标一直不太满意，说太标新立异。可他们当初签合同的时候又不提，现在让我改设计。"

薄浮林停下手上转动的笔，看向她："好问题。我也想知道你和甲方有冲突后，要如何兼容？"

"我猜我要妥协了。"黎想无奈地鼓鼓腮，"他给钱，他是'爸爸'。"

"可如果甲方想要一个合自己心意的方案，就不会找我们DK。"他语气温和道，"你是建筑师，不是劳工，更不是AI绘画。"

做设计要有自己的坚持，那是自己和别人区分开的特色。黎想也不是不明白这个道理，只是在沟通了几天后，她难免产生了左右摇摆的心理。

薄浮林倒还算耐心，讲完，又提到最后一点："但是对方坚持要大改的话，你记得让法务部重新拟一份合同。"

黎想有点蒙："为什么？"

他歪了歪脑袋，不理解地说："当然是要加钱。"

"哈哈哈哈！"她被逗笑，搓了搓脸颊，乖巧道，"好的，老板，保证完成任务。"

……

或许是黎想表明了自己的坚定立场，勃海那边派过来的沟通方在这次见面时，反倒没有就对这个点继续输出。

顺利洽谈过后，她站起身和对方负责人握了握手。

要离开前，后桌有位中年男人喊住了黎想，是安清市城市规划勘测设计院的陶翁院士。

国企的设计院和 DK 这类民营事务所有所不同，地位更高，承接的工程一般都是省市级别的公家大项目。

黎想本科时曾在这家设计院实习过，但因为当时的学历不够，只能签第三方合同。

陶翁笑着问她："黎想，还记得我吗？"

"记得的，您是我老师的好友。"她尽量滴水不漏地回答，"当初实习期间还承蒙您照顾。"

陶翁显然也听见了刚才她和勃海那边的人对接，却明知故问："你后来保研结业，怎么没来找我？"

"设计院的竞争太大了，我找了几家事务所投简历。"

"这不就是你老师一封推荐信的事儿？"陶翁并不掩饰自己对她的满意，从包里拿出一张名片，"看见你选择了 DK，让我有点吃惊。"

黎想有几分受宠若惊地接过名片："陶院士，我……"

"不用急着答复。"陶翁拍拍她的肩膀，"我也是同大出来的，我清楚什么样的路更适合你。佘山度假村这个项目不错，我看过你的方案，难怪出色。"

他抛出的橄榄枝，一下把黎想拉回了毕业前找实习岗位的犹豫时刻。

市里设计院注重团队精神和百花齐放，设计更宏观，唯一的缺点可能就是个人才能无法突出，薪资待遇也不如事务所高。

但事务所也有弊端，什么都强调单干，利益优先，风险也是自己扛。

黎想擅长的是团队合作，总是在团队里表现得一骑绝尘。

但她不否认自己也乐意单打独斗。

当问题再次回到了是选"喜欢你的"还是"你喜欢的"时，她再次决定还是选择"你喜欢的"。

"喜欢"是种昂贵的情绪。

为了满足喜欢，就要付出代价，但"喜欢"会让她感到开心。

在看见薄浮林的大G出现在咖啡厅门口时，黎想将那张名片折起，无所谓地随手塞进了包里。

期待是惩罚，不贪心便是奖励。

一上车，黎想便抱着男人英俊的脸亲了一下，"吧嗒"一声，直白热烈得像是贿赂。

薄浮林意外地挑了挑眉，托着她的腰："我今天有什么不一样吗？"

"嗯？"

"不然怎么这么主动。"

"没有不一样，每天都很帅！"她顺毛般牵住他的手，念出一个想好的吃晚饭的地址，"去那儿解决晚饭吧。"

黎想挑的是家面馆，离他们高中很近。

薄浮林在地图上看了眼路况："这个点可能会堵车。"

"那绕一下走高速？"

"有什么非去不可的理由吗？"

他其实已经安排好了餐厅。

黎想今天将"坚持"精神进行到底，语气放软了些："理由就是我真的很需要吃这家的炸酱面。"

薄浮林下颌微仰，眯了眯眼看她。她被他那道勾人的眼神引诱，上道地去吻他。

亲了两分钟后，两人终于系上了安全带出发。

看她没心没肺的开心样子，薄浮林已经懒得告知她自己准备的一系列惊喜完全白费了，叹了口气："那家炸酱面真这么好吃？"

"不是好吃。是今天不吃，就再也没法吃到了。"

黎想在朋友圈刷到面馆老板娘发的动态，开了近十年的面馆就要关店了。

她想到很早之前。

这家店的老板娘是一位带着七岁孩子的单亲母亲。那会儿刚开店，生意一般，她又是从外省过来的，不了解这边的口味。

黎想那时没什么朋友，做完作业出门找不到空闲饭馆，就去了这家面馆，后来这家面馆就变成黎想常去吃的一家。

一来二去，就成了老板娘的熟客。

而且，她大概这辈子也不会忘记，在某个傍晚，老板娘把和自己拼桌的薄浮林当成了一对。

黎想看了眼驾驶位上的男人。

他自然不会记得这家微不足道的小面馆，也不会理解自己这种莫名其妙的情怀。

但他们来的时间还是不凑巧。

周四有晚自习，一群高三的学生占满了里面的桌子还没吃完。

"你饿吗？"黎想惆怅地看了眼四周，"我可以带你先去吃点别的垫垫肚子。"

看出她对这碗面的非吃不可，薄浮林没扫兴，牵过她说："晚点再过来吃，先随便逛逛吧。"

他们从六中门口经过，谁也没有提要进去看看。

薄浮林几乎是凭着记忆找到了那家还开在书店下面的地下游戏城，但一进去，才发现改变了许多，打打杀杀的枪战、拳击机器已经被琳琅满目的娃娃机取代。

黎想去兑换了五十个游戏币，不过她一向是实战游戏的黑洞，到最后把币快用完了也没拿到那只难度颇高的大玩偶。

她把剩下的两个游戏币给薄浮林时，他看了眼机器上面写着"三币一次"的标示："少一个。"

这边的游戏币可不单卖。

但快到回去吃晚饭的时候了，没必要再兑几十个。

"哦,因为我刚才去玩了几次'两币一次'的。"黎想指了下旁边,"要不你也去试试那个两个币的?"

薄浮林记性不错,盯着游戏币:"你钥匙扣上是不是也有这么一枚?"

"那个不行!"黎想捂着包往后退,认真解释道,"那个是很多年前的,机器都不一样了,币也不一样的。"

"我没说要,只是突然想起来了。"他哑然失笑,将那两个币还给她,"你自己玩吧。"

黎想捏着那两个币投进去,又听见他问:"那个游戏币有什么故事吗?"

她手一抖,和娃娃机里面的玩偶失之交臂,转过身回答:"就是很久之前捡到的,一个多出来的游戏币。"

薄浮林:"很久之前?"

她笑嘻嘻地道:"高二。"

虽然这就是从他手里捡到的币,但黎想不给他用,会显得自己像是一直在新人身上找旧人的影子。

她有些迟疑,好在薄浮林问到这一步也没再深究。

小女生的回忆没什么特别之处。

他并不自恋地认为那个游戏币来自他身上,也压根没往那个方向想。

这等于是认为黎想从高中就暗恋自己,甚至一直到现在。

可谁会盲目喜欢一个毫无音信又毫无交集的初恋这么多年?这感情炽烈到会让人有些惶恐不安。

回到面馆时，已经没几个客人了。

黎想找了张靠着角落的桌子，并不期待老板娘还认识自己。

她才坐下，就听见老板娘喊了句："美女，和你对象吃点什么？今天做最后一天生意了，第二份半价。"

同样的傍晚，那句话在此刻又回到自己耳朵里："同学，你那个小男朋友上次多给了五块钱。"

……

吃过饭后，两个人在附近压马路。

薄浮林手插着兜，懒懒地看她："吃之前就在笑，吃完了也在笑，你到底在笑什么？"

黎想抿了口豆奶，没头没尾地反问了一句："她怎么知道你是我对象？"

这个世界上唯一一位不由分说就觉得他们是一对的人，只有这位面馆老板娘。

薄浮林并不理解她的笑点，随口道："大概是因为郎才女貌。"

她听到这句，笑得更开心了，或许因为今天一整天都过得很顺利，而这样的日常对话也极其珍贵。

黎想完成了年少时望而不及的很多事情。

"今天是我的生日呢。"她蓦地开口，拉住他衣角。

薄浮林点头："我知道，你的简历还在我那儿。"

她笑着说："谢谢你陪我来这里吃面。"

"本来有更好的惊喜。"

他有点惋惜自己挑选好的餐厅和礼物。

"别的都不重要。"黎想往前走近两步，别有深意地说，"但，你可以让这一天更难忘点。"

薄浮林听出她的意思，不知道作何表情，看了眼身后的车："在这儿？"

Chapter 6
爱与诚

你是我的战利品。

1

天公不作美，回去的路上下起了雨。

薄浮林把车停在了自己公寓楼下的私人车库里，说要去便利店买点东西。

被撂在车上的黎想坐在后座拆着礼物，几个奢侈品盒子摆放在一边，吸引她注意力的是一整套吉利猫玩偶。

这些礼物到底费了他多少心思呢？大概交代给秘书后都不需要花一分钟思考。

黎想百无聊赖地将这些礼物归在一个箱子里，塞进了后座下面。

这不算礼物，她指定的、想要的才算礼物。

察觉到薄浮林良久没回来，黎想开始懊恼是不是自己的表现太过急切把人吓跑了，直到潮湿雨气里出现了薄荷味的烟草气息。

她趴在车窗上往外面看过去。

停车场上方有扇没关上的弧形天窗，细雨从那里飘落下来。薄浮林不知道什么时候回来的，肩头被雨水稍稍打湿了些，正倚着车门抽烟。灰白色的烟雾被风吹散，弥漫开来笼住男人的英挺眉眼，周遭雨滴还在砸落。

　　"黑色登喜路很好抽吗？"

　　黎想将车窗降到底，歪着脑袋瞥他。

　　薄浮林盯着她看了一会儿，那只将燃尽的烟和火光一同砸在了地上。他没回答，只是托着她的脸吻了过来。

　　大 G 底盘高，这么接吻并不吃力。

　　但黎想被喂了半嘴烟气，皱着眉轻咬了一口他的唇瓣："咳、咳……不要了，我感觉一般。"

　　薄浮林笑着蹭了蹭她的脸颊，轻拍她的背："抽过烟吗？"

　　"试过好几次，都没坚持下去。"她视线往下移，看见他提着的那包东西，"你买完啦？"

　　"嗯。"

　　薄浮林看出她的兴奋，在等她的下文，她要怎么邀请自己上楼……

　　下一秒，黎想红着脸问他："在这里可以吗？"

　　"……可以。"

　　她总是顶着一张害羞无辜的脸，说出一些他想不到的话。

　　薄浮林拉开车门上来，揉乱了遮眼的黑色碎发，揽过她的腰接吻那会儿，他还在囫囵问："礼物都不喜欢？"

　　"都挺喜欢的。"黎想的睫毛扫过他的鼻梁骨，搂着他后颈，带着诚意回答，"但是更喜欢你。"

舌尖被缠住，带起一阵狂风暴雨般的掠夺，她的意识慢慢在男人的攻陷中消失殆尽。

后背抵上冰冷车窗时，她在迷迷蒙蒙中又说："你是我的战利品。"

……

黎想第二天一大早被饿醒了。

她迷糊中还算对昨晚的荒唐迷离有些印象。

那时她汗涔涔地睁开沉重的眼皮，手指搭上去描绘薄浮林的五官，不由自主地夸赞了一句："你真漂亮。"

男人微湿的唇和洁白的齿，以及哑声喘息的模样，确实有股难以言喻的性感，"漂亮"这个词用来形容他一点也不为过。

灯光阴影下，他微微皱着眉，听到她这种时候还犯花痴地感叹，有些哭笑不得和几分暗爽。

他拨开她汗湿贴在颈侧的长发，低头，亲了亲她的唇角："你才靓啊，BB。"

各种不能播的画面涌进脑海，黎想揉了揉发烫的耳根，看了眼自己身上刚遮到大腿的衬衫，龇牙咧嘴地忍着酸痛下了床，被早餐的香气引诱走出了房门。

薄浮林这个公寓的空间很大，房间和厨房相隔甚远。

厨房的岛台前，薄浮林正将锅里的两个煎蛋装盘，听见动静看过来一眼："早，穿鞋。"

黎想已经走到他面前，像只软体动物般踩到他脚背上赖着："你怎么还会做饭？"

"我留学这么多年，要是不会做饭恐怕会被饿死。"他把人抱起来放在一旁的高凳上，"你不会做饭？"

她有点不好意思："我暂时还没有升级这个技能。"

谁会想到重新鼓起勇气走到他面前来，还要进化这么多样技能。这些年光是变美和努力学习就已经占据了她足够多的时间。

"不挑我做得差就行。"薄浮林揉了揉她惺忪的眼皮，低声附在她耳后，"等会儿送你回公司？"

"不用。"黎想想了一下自己的工作，"今天要去上安全培训课，然后下工地驻场。"

"那我先送你回家换衣服。"

"真不用……"黎想没注意到他被连续拒绝两次后的丁点儿不满，自顾自道，"你也要去上班，一南一北两个方向，晚上我会来找你。"

她素面朝天，眼下还有昨晚熬夜的淡淡乌青，但依旧是好看的。尤其是低头咬了一口煎蛋后，露出个满足的笑。

薄浮林被她那个下意识的笑俘获了，情绪消弭，没再坚持，俯身亲了亲她的额头："好。"

下午开完会，秘书迎上来说姚氏集团的代表正在候客室等待。

薄浮林松了松领带，疲乏地摁着太阳穴："不是说过不见吗？"

秘书迟疑片刻："……是薄董安排的。"

姚氏最近和薄兆在竞争同一块地皮，追价咬得很紧。

在这么紧要的关头，这位姚总不知道是从哪儿得来了 DK 是薄浮林名下公司的消息。

姚氏旗下的工程集团也在竞争佘山度假村这个项目，而DK作为承接这个项目的建筑方，无疑有让姚氏进局的决定权。

让对方放弃和薄兆总部争地的代价，是让其在佘山这里获利。

孰轻孰重，薄浮林不是分不清。

只是他不愿意将企业利益和自己那个小小的建筑事务所牵扯上。但这会儿所有人，包括他爹都在逼他做决定。

姚总当然不是亲自来的，派来的"名将"是他女儿姚于姣，漂亮性感，专业还对口，也是一位建筑高才生。

一见面，姚于姣就送上一份"大礼"，是一盒上等茶叶。

薄浮林捻了捻分量，他小时候见多了这种见面礼，里面一般都装着钱。

"竞投标的环节不用免。"姚于姣自信地开口，"我们工程部会给出一份合格的标书。只是，还有另一个请求。"

薄浮林跷着二郎腿，一副浑不懔的模样靠在椅背上，懒洋洋地抬颌："你说。"

姚于姣："我想要参与权。我本硕都是学的城市规划，有资格也有能力参与佘山项目的实施和落地。"

这话其实很不要脸，一个正在进行的工程项目已经有了主创建筑师独立完成的设计，她参与进去，不管是改动还是增添删减其实都是在原定设计主体的基础上进行。

"姚小姐的意思是，要做DK的外包建筑师？"薄浮林把话说得很不好听，连个职位都不愿给她。

但姚于姣并不介意，反而笑了笑："那就外包，反正我们也算是合作关系了。"

DK的另一位董事闻遂在收到消息后很快赶了过来。

办公室里的薄浮林正在合同上签字，不咸不淡地睨了他一眼："我没让你过来。"

"工程给了人家，现在规划还要让他们那边的人参与。"闻遂熟络地坐下，喝了口茶，"我再不过来看看，我这个位置都要让人了吧。"

薄浮林佯装疑惑："你还收到让你抛股份的通知了？"

闻遂语噎："不是你到底怎么想的？真这么忍气吞声啊？"

"快开大会了，薄兆这块地不能有失误。"薄浮林面色平静，"只能我吃点亏，但我能吃亏吗？"

"你想怎么着？"

"姚家要推人进来，那就推。工程总会有缺经费的时候，就让姚家来填这个坑。"

左不过，多做个局而已。

薄浮林只是举了个例子，闻遂立刻反应过来。

他也不是第一次承接工程了，清楚不管是材料还是建材都会出点耗损方面的幺蛾子，出了问题要有问责方。

想从薄浮林这里走后门，那还得看看她能不能承担进了门的后果。

闻遂指了指他："你这人，还真不能得罪！无奸不商。"

薄浮林起身，拿上外套准备出去："行了，没什么事儿赶紧走。"

"你是要去找我们公司设计部 1 组的那个建筑师黎想吧？"

他蹙眉："你从哪儿——"

"一哥说的！"闻遂举手做了个投降的姿势，如实道，"容工不是他前妻吗？应该是容工说的。"

薄浮林头疼，指了他一下："别跟黎想说。"

"你俩还玩办公室地下恋呢，年轻人真是会玩。"闻遂乐呵呵地说完，又想起什么，"哦，她今天还跟容工请假了，说是在工地伤到了腿。"

2

黎想伤腿不假，但没薄浮林想的那么严重。

驻场建筑师需要在工地现场跟进解决施工问题。在给钢珠消光时，黎想跟工人说用天那水，结果试验时不小心洒到自己的小腿上了。

薄浮林来找她时，她人还在佘山工地项目部的会议室开会，面前是一帮学土木工程的小年轻。

PPT 放到一半，黎想蓦地瞥见走廊外面杵着一个高瘦身影。

安清市的冬季来临，今天下午温度就开始骤降，走廊处的风很大。

他穿着件黑色廊形大衣，里面那件单薄白衬衫半扎进裤腰里，人好整以暇地靠在窗口那儿，模样恣意又懒慢。

黎想话说到一半，在这一眼看过去后成功卡壳，索性拿起遥控器把自动窗帘合上了。

五分钟后，会议室的人陆陆续续地出来。

薄浮林面无表情地看着那扇门开了又关，各种脚步声渐行渐远。到最后，一个小小的人影裹在厚外套里，一大步跳到他眼皮底下。

"久等啦！"黎想抓着他腰身的衣料，笑得有些心虚，"你怎么上来了？"

他眼神冷淡，秋后算账："不想我上来？还拉窗帘。"

黎想认真地解释道："我办正事的时候，你不能盯着我看。我会忍不住分心想你的。"

就这么一句话，薄浮林站在这儿吹了五分钟冷风的情绪一下就没了，内心涌起一股愉悦感，他把揣在大衣口袋里的手伸出来牵她："脚没事儿？"

黎想诧异："没事儿啊，你怎么知道的？"

"我什么不知道？"薄浮林捏了捏她的手，微蹙眉，"怎么这么凉？"

"有点冷，不知道今天降温。"

她说话声更低了。

因为想起早上那会儿拒绝了他送自己回去的请求，还顺便拒绝了穿他的外套走。

没什么特别原因，就是有点不习惯这种亲密。而且因为前一天晚上发生的事，她现在还有种不敢看着他那张脸的害羞劲儿。

薄浮林也懒得再训她，把人带上车后，他将空调温度调高，直接俯身去撩她的裤腿："哪只？"

"左边。"她配合地抬脚，嘟囔，"真没事儿了。"

天那水本来就是工业稀释剂，对皮肤有灼伤性伤害，好在她处理得及时，也擦过药了，只是还有点红。因为她皮肤白又细嫩，显得像是被狠狠摩擦过一般。

"小心点行吗？"薄浮林检查过后，把她的裤子捋下来，"工地这么危险，真出事儿了，你得赔我一个老婆。"

闻言，她没忍住"扑哧"一声笑了出来，一时之间不知道要反驳他哪句话、哪个词。

"笑什么？"他不满意地揪她脸上的软肉，又凑近问，"跟你说的事儿想好没？"

是指他早上一时兴起，让她搬行李去他那儿住的事。

"我周末陪你行吗？"

她想了会儿，给出这个答复。

车往前开，薄浮林瞥见她踌躇的样子："就是不过来？"

"不方便啊，我都和室友说好了一块儿合租一年的。"黎想每次哄他的声线都软乎乎的，让人没脾气，她用细白的手指钩了钩他的西裤口袋，"但我周末都可以过来。"

"行。"

在公司得隐恋，下班后还得分居。

过了一会儿，黎想发现他把车停到自己的小区楼下了。

薄浮林下巴一抬，示意她上楼拿换洗衣物，一脸谋算已久的得意表情："今天周五。"

于是周末两天，黎想没能食言地都在薄浮林的公寓度过。

他那里什么都有，约会有影音室，运动有健身房，甚至想吃火锅都能叫阿姨上门服务，完全能做到足不出户就满足所有。

晚饭前，黎想因为摸了摸他大一时的画画工具，下一刻就被当成了他的模特。

薄浮林好几年没碰过画笔，这会儿来了兴趣，不让她动。

他在素描纸上拉了几条线，从她裸着的肩颈那儿往下画。

"你别把我玩坏了……"黎想对自己这姿势感到羞耻，抱怨地皱皱鼻子，"玩坏了你又不替我'守寡'。"

她在家穿得宽松，身上那条裙子落了一半，长发落在一侧，蝴蝶骨脊凸起，细长的颈绷直，胸口布料半遮不遮，更显旖旎春色。

他含糊地咬着笔盖，笑笑："你怎么知道我不会。"

明明就随口一句话，却在她心口泛起涟漪。她一下如梦初醒般，反应过来自己和他谈的话题已经不知道歪到了哪里。

谈个恋爱而已，怎么就扯到"守寡"了。

黎想迷迷糊糊正胡思乱想中，没察觉到刚还在画画的某位少爷已经撂开画笔，欺身而上。

"想想。"薄浮林哑声咬住她后颈，低笑着叫她小名，一副浪荡样，"想想在想什么？"

她没来得及推拒，他已经无师自通地顺着往下。

黎想在这股磨人的酣畅淋漓中咬紧牙，终于忍不住喊他："薄浮林……"

……

上班真好，上班万岁。

这是黎想在薄浮林家被迫蹉跎了一个周末得出的结论。

但平心而论，这段恋爱她谈得很开心，薄浮林无疑是个合格的男友、完美的情人。

周一，薄浮林顺路把黎想送去 DK 那边。

他在她下车前喊住她，似乎是斟酌了片刻，才说："你手上那个项目会加个人进来。"

黎想显然还没收到这个消息："谁啊？"

"就一个外包，不参与你的分成。"他觉得没必要细说，揉了揉她的脑袋，"也不用担心，你还是这个项目的主创。"

她以为是新人空降，让她带，点点头："好。"

但回公司不久，这位新来乍到的姚于姣就给了她一个大惊喜。

先是给她组里的员工点了咖啡和甜点，收割一众民心。后来又直接上手参与建设集团竞投的会议，鸠占鹊巢的野心就快摆在明面上。

黎想后来听万澄等几个老前辈说起这位"空降兵"，原来这人一开始就不是奔着打杂来的。

正儿八经的专业对口名校生，也有实操经验，还是被总监一哥亲自请来组里帮忙的，难怪高层领导们都对这个新人这么客气。

可虽说是帮忙，黎想总觉得更像是强行监督。

抑或是这位姚小姐每次都在会议上表现得太过强势，才给她带来这种感觉。

好在定下了姚中建设作为施工方后，工程正式启动。黎想平时都在工地里做驻场，也极少和这位姚小姐有交流。

意外发生在元旦后。

凛冬已至，将放年假。

项目经理把佘山工程的两个负责人喊进办公室，将一份工程造价的合同丢在桌子上："谁去签的？"

黎想和姚于姣面面相觑。

"你们自己翻到第六页。"陶丞捂着眼睛，头疼道，"钢筋造价那块的误差看见了吗？这差不多要白白损失近两千万的钢材，到底谁签的这份合同！"

姚于姣接过合同翻了翻，咬着唇："我签的。"

"黎想，你先出去。"陶丞象征性审完人，把她支走，再回到正题，"你不看造价对比？"

"我……"

姚于姣当然看过了，她甚至记得前晚那个饭局上签的合同可能都并不是这一份。

这是常见的"阴阳合同"陷阱。

一份合同十几页条约里，只要中间有一条出现问题或者被更换过，就能成为最大的把柄。

因此很多老工程人为求保险，都会将每一页的折线处盖满章。

姚于姣挨了一通训。

从经理办公室出来，她郁闷地点开手机。

现下除了她自己填上这个造价的误差窟窿，就只能找工程方那边重拟合同，但难免要落人口舌。

她想起自己提出要参与进来的那天，薄浮林答应得那么爽快，原来是早就知道有坑给她跳。

姚于姣写了一条满含怨气的信息发过去，那边很快给她回复了几个字。

Fulam：引咎辞职吧。

姚于姣不屑地"嘁"了一声，给他发了句：不行，我偏要赖在你的DK发光发热！

没再得到回应，她自觉无趣地收起手机，一转弯，却碰到守株待兔的黎想。

姚于姣对她印象平平："有什么事儿吗？"

"你签字之前为什么不通知我？"

"黎工，"她笑了下，"我可不是你的下属。"

"但你未经允许，拿了我的章！"黎想忍着火气，"如果是我签合同，我不会蠢到只盖一个地方。"

姚于姣自己上手的项目不多，也没料到会遇上这招，但不想落人下风："那又怎么样？我自己会解决。"

"合同给我。"

黎想不想跟她多说废话，拿过那份合同原件。

姚于姣不解："你想干什么？"

黎想："我联系了纸张鉴定，最迟明天下午能出结果。"

姚于姣纳闷："你怎么就笃定一定是合同被换过了，不是我当时看错了？"

"因为我不敢想除这个原因外，还有什么能救你。"黎想看了眼她失魂落魄的样子，最终没再说其他重话。

下班后，黎想给薄浮林发了一条"今天妈妈过生日，见不了面"

的信息后，就背着包去了地铁站。

其实她也并不是见不了他，只是暂时不想见。

佘山度假村是她自己花了两个月竞标下来的项目。那些天她跑去佘山调研，飞去香港竞标，时不时去和勃海的人喝酒应酬，修改了这么多次才落实了方案书。

可是这个姚于姣不费吹灰之力就能加入，现在她还得去收拾这人粗心大意留下的烂摊子。

黎想知道这些跟薄浮林没什么关系。

可是工作上不顺心，又因为他和DK的这层身份，她不能和他抱怨。

不知不觉，地铁到站。

黎想顺着记忆进了一处老小区，在旧电梯里找了一会儿11层的按钮。

门铃响起，门内传来一声"来了"，而后门被拉开。来开门的是个丰腴的中年女人，看见黎想，喜笑颜开："想想，你来了。"

黎想脸上的阴霾扫去，笑着喊了一声："妈妈。"

黎想的母亲年轻时是个漂亮的全职主妇，再嫁后也没怎么工作过，又生了个孩子，也算过得美满，这些年心宽体胖不少。

知道她丈夫和儿子在婆婆家赶不回来，黎想进厨房帮忙："妈妈，我今晚想跟你一起睡。"

"多大人了还赖着和妈妈睡。"说是这么说，但黎母还是答应，"好，天冷了，我待会儿多拿床被子。"

她是在黎想读大二那年有了新家庭，那会儿黎想常年在学校住宿，独立惯了，并没什么不舍和不习惯。

黎想也懂事，不会总来找她。

难得一块儿吃饭，黎母问了她好多事儿，从工作到生活，事无巨细。

饭吃到一半，门铃又响起。

"不知道是不是来更新燃气表的，这几天都没碰着我在家。"黎母这样说着，起身去开门。

下一刻，却听见惊喜的欢叫声传来："妈妈，生日快乐！我们给你买了蛋糕！"

是这个家里的男主人和孩子都回来了，寂静的房子里一下有了热闹人气。

"你们怎么回来了啊？傍晚看新闻不是说路上结冰了吗？车好开吗？"

"不好开也得回来啊，我老婆过生日，难道留她一个人在家啊！"

"别瞎说，想想来了。"

"这大晚上还没走，她今晚要住在这儿？"男人的声音里有点不易察觉的不情愿。

电视还放着，玄关处的人在换鞋。

客厅里，黎想把嘴里的饭嚼完，从包里拿出金耳环礼物盒放在了餐桌一角。而后，她若无其事地背上包走过去，乖巧地打招呼："叔叔、小珺。"

黎母错愕地看向她："这——"

"我室友说人有点不舒服。"黎想找了个不会让母亲为难的借口，

“她一个人在家，我有点不放心。”

“那让你叔叔送你回去吧！”

“不用，地铁到我小区那里更方便。”黎想和他们错身过去，笑着开口，“生日快乐，妈妈。”

……

这样的事情也不是第一次发生，读书时经历过，但那会儿她轴，不知道自己应该离开。

果然是长大了，黎想在心里暗暗想道。

从小区出来，她才察觉到今天有多冷，道路上的灌木丛都结了薄薄一层霜。

安清市的冬天最冷能达到零下几度，北风呼啸。

黎想往通红的掌心里“哈”了口气，然后接通响了好几次的电话。

那边薄浮林的声音沙沙的，含着调侃的笑：“陪着妈妈就不管我了？”

3

黎想的地址发过来时，薄浮林已经拿着手机和车钥匙准备去楼下车库。

家里保姆阿姨还在厨房里熬着热粥，被薄母支出来喊住他：“今儿腊八节，大晚上的往外跑什么？”

是啊，哪有腊八节过生日的。

还把女儿丢在外边哭。

何家好歹也是高门大户，做人做成这样也真不嫌埋汰。

想起刚才从电话那边听出来的鼻音，薄浮林微不可察地皱了皱眉，懒声交代："您把八宝饭盛一份放保温饭盒里吧，我要带出去。"

在客厅探出个脑袋来偷听的薄千饮惊讶道："是带给上次那个电话里跟我聊过游戏的嫂嫂吗？"

薄浮林警告地"啧"了一声。

他不喜欢她管大人的事儿，但还是点了头。

薄千饮露出个调皮的笑："听声音就觉得肯定生得靓，你是不是好中意她啊？要好好交往然后带回来给我们看哦。"

"嗯。"

薄浮林不假思索地回完，突然有些恍惚，第一次慢慢捋起和黎想的这段关系。

他俩确实是男女朋友，但似乎又和普世意义上奔着谈婚论嫁的交往对象不一样。

他没想过二十多年来的第一段恋爱会这么谈。

他身边圈子里的公子哥儿哪个不是身经百战才在家里插手后安定下来，他原以为自己也不会例外。

黎想也有点奇怪，看上去不像是要和他认真谈的样子。她从不和他讲她家里的那些事，也从没在朋友圈发过他，每次说仰慕他的话都是信手拈来，起初甚至还只是馋他的身体……她好像并没有加入他生活里的打算，更别提谈长久。

因此，他也为自己最初的随意找到了借口——是她先随便开始的，那也不能怪他没有全身心地投入。

况且，投入进去就代表会失控和丧失自我意志。

他在任何事上都习惯了有百分之百把握和掌控权，要在最上位，要顺风顺水顺心意，还有……不想被谁拿捏。

可这段恋爱谈了快小半年，他不得不承认自己的心境已经大不相同。

从小到大都是被爱，从未主动，也耷啬去主动爱人的薄大少爷在这时突然想明白了一件事——

感情渐入佳境，他也是时候明确自己的心意了。

一直被黎想表白，他都没回应过，听上去挺欠揍的。

车开到公交站台那里时，薄浮林以为自己会看见一个哭鼻子的可怜虫。

但昏黄路灯下，黎想只是安静地坐在冰冷长椅一角，手上握着一瓶常温的角鲨头啤酒，半张脸埋在高领毛衣里，落在脸侧的发丝被风微微吹动着。

乍一看没声没响，清凌凌的，像坐在雾里。

可分明现在落下的不是雾，而是这座城市沸沸扬扬的初雪。

薄浮林迈着两条长腿走近时，黎想低着的脑袋正好抬起来，毫无征兆地对上他那双锋锐的黑眸。

她手里的酒才喝了几口，她将酒递给他："这个好像是新款，还蛮好喝的。"

他俯身，却没接过酒瓶，而是直接抬起她的下巴，吮了口她微凉的唇瓣。

在她错愕之际，他若无其事地抿了抿唇，回味道："是不错。"

黎想的脸还被他抬着，有点猝不及防的羞赧。为了掩盖这样的不自在，她皱皱鼻梁站了起来，尽量面色如常地往前走。

"你不是说要和妈妈过生日？"薄浮林大步迈过，跟上来牵住她的手。

黎想低着眼："过完了，我也送过礼物了。"

上了车，总算暖和许多。

雪粒子落得小，还没开始堆积。

薄浮林捏着她小巧的下巴，在车灯下细细打量："都没留在家里吃蛋糕吧，我检查一下有没有偷偷哭。"

被他说中心事，黎想不满地否认："我没有哭。"

"那怎么不带我过去一起庆生？"他揉揉她冻凉的脸颊，"你妈妈见到我肯定会开心。"

黎想没想过他会愿意和自己一起去见妈妈，愣了下，咬着唇笑："你以为你人见人爱啊？"

薄浮林一脸理所当然地反问："不是吗？"

"好自恋。"她忍不住笑出声。

"那你妈妈有没有说过，要你找个什么样的男朋友？"

黎想佯装认真地想了想："我妈妈说，别的都不重要，但一定要找个又高又帅的。"

薄浮林脑海里浮出上次在饭局上见到的何父，中年男人的啤酒肚和小秃顶一个不落，暗忖："怪不得。"

"怪不得什么？"黎想也会错意，看了他一眼，自顾自道，"怪不得我会喜欢你？"

他勾起唇角："嗯，你还挺听妈妈的话。"

本来今天是挺不开心的，没吃饱饭，在外面还吹了会儿北风。但不知道为什么被薄浮林这样哄了一路，黎想的情绪鬼使神差地好了许多。

到公寓时，她被薄浮林催着去洗澡，去掉一身冷气。

出来时，正好听到微波炉"叮"了一声。屋里地暖温度开得高，落地窗外已然白茫茫一片。

黎想纳闷地趿拉着拖鞋，揉了揉眼皮："你在热什么？"

厨房案台那儿，薄浮林把一份八宝饭端了出来："你要去餐桌那儿吃还是茶几那儿吃？"

她自觉走向茶几那儿，坐在地毯上盘起腿："这不是年夜饭上的东西吗？"

"我们家腊八节也做。"

他把勺子递到她手里，顺势去找了一部电影放，正好是上次他们没看完的《爱乐之城》。

过了一会儿，薄浮林从沙发上坐下来，长腿一屈一放，侧着脑袋问："好吃吗？"

黎想点头，嘴里没停下过咀嚼，像一只松鼠。

他看着不自觉地笑，把温水推过去："慢点吃。"

遮光窗帘降下，冷色调的公寓客厅里竟然也有一丝温馨。不知不觉，这里已经有了太多不一样的气息。

茶几上一贯空着的花瓶里多了几枝新鲜的玫瑰花，冰箱里摆了不同的啤酒，沙发一侧还放着某次他们去餐厅吃饭后买的玩偶……

他并不喜欢席地而坐，但现在已经跟着黎想养成了这个随性的习惯。

如果他能一直这样就好了。

黎想低下眼睫的那刻，心不在焉地想着。

吃完后，她把洗好的果盘端过来，坐在他旁边问："这个故事是悲剧吧？"

电影已经放到了那段名场面，男女主在星光熠熠的夜晚起舞。

薄浮林咬过她手上吃了一半的草莓，漫不经心地开口："停在这里就是喜剧。"

"也对。"她被他带偏了去，又反驳，"可是我们都知道这不是结局啊。"

薄浮林在这部电影获奖时就已经看过影评，依稀有点印象："对男女主角来说不算悲剧，彼此都得到了自己想要的。"

黎想撑着脸："好吧，我被你说服了。"

这样祥和宁静的夜晚太过美好，以至于他们都不知道是怎么缠到一起的。

做这种事，快乐归快乐，累也是累。

结束后黎想被薄浮林抱着去洗澡，洗完倒在床上就睡得昏天黑地。

她第一次在这里留宿时并不这样。她有点认床，也没和男人同床共枕过，半夜醒来看见他那张脸都怀疑是在做梦。

也许是次数多了，现在她反倒免疫了薄浮林时不时搂住她往怀里带的举动。

这晚的雪在半夜渐渐变大，黎想做了一个很长的梦。

她梦到了初见薄浮林时的那年。

平平无奇的黎想同学在六中从来都是一个小透明，一个每天努力学习，却不是次次都能稳拿前几的优等生。

因为性格内向，只关注成绩和桌洞里的漫画书，她还被班里人归为书呆子类型。

薄浮林这个人就完全和她相反，他自出现起就太耀眼嚣张。

转学过来那天，从黑色长轿车里下来的小少爷穿着西装制服，五官精致矜贵，面无表情时是一副盛气凌人的倨傲模样。

但他偏偏又好相处，没点公子哥的劣性，私下还被人用"亲民"两个字形容。

他会在下课后玩滑板、篮球，和各科老师混成哥俩似的……全校几乎没人不喜欢他。

得知父母在考虑分居的那个下午，黎想头一次叛逆地没在放学后立刻回家，而是背着书包在校园里胡乱转悠。

她脑子里全是这件事，并在跟爸爸还是跟妈妈的选择中倍感辛苦。转悠累了，她就蹲在路边，泪珠一个劲往下掉。

那颗篮球就是这么不长眼又命中注定般从铁栏那儿飞了出来。

多亏她反应快，迅速往旁边躲开。篮球顺着惯性滚落到草丛里，有人从阶梯上跳下来。

一抬眼，心动的少年就站在自己眼前。

他穿着一套夏季校服，跟腱骨突出，额发湿漉漉的，纯白的短袖前襟湿了大半，紧贴在胸膛薄肌上。

也不知道是出的汗，还是为了散热泼的水。

那模样健康而充满朝气。

以至于很多年后，黎想仍旧清晰记得。

"没看见砸着了啊……"

薄浮林望着她那张哭皱了的脸，下意识地嘀咕了句。

察觉到黎想一直在看他，又不说话。少年有些不好意思地笑了下，抖了抖湿透的T恤下摆，走过去捡起篮球。

一回头，看见黎想还盯着自己。

他摸了摸裤子口袋，什么也没摸到，只能尴尬地憋出一句："你食咗饭未？"

黎想表情蒙蒙的，吞咽了一下喉咙。

球场上有伙伴在喊他快点，少年扬声，朝那处应了一句"马上来"。

他没有哄女孩的经历，只在走前又留下一句话："眼泪是你自己的，不要总为别人流。"

大概就从这时开始，黎想在很多个夜里，都在遥望他这座鼎沸的山。

……

梦到一半，黎想自然睁开了眼。

一室的黑暗中，透过夜色，她能感受到身边人的温度。

"薄浮林。"她话音低，像是呢喃，"这么多年了，我怎么还是这么喜欢你啊。"

身旁的男人睡得浅，听见了声音，迷蒙中将放在她腰上的手收紧些。大概以为她在嘤咛梦话，他又安抚地拍了拍她的背，温柔的吻落在她发顶。

黎想无声地翘起唇，往他怀里蹭近了些。

很多人都说喜欢一个人时不要暴露自己的底牌，不能让他知道自己在这段关系里快要低到尘埃里去。

但她偏选择用力爱人，偏要做爱情里的勇士。

她用爱与诚，接受成与败。

4

今天出门前，黎想就感觉右眼皮一直在跳，室友还安慰她说："左眼皮是跳财，右眼皮跳只是眼皮抽筋。"

她怀着半信半疑的心上了半天班，倒没什么事发生。

薄浮林在十一点那会儿给她发来消息，说晚上会晚点下班，待会儿要飞一趟京市。

我吃过饭了：好哦！

Fulam：有什么想要的，我顺路带回来。

我吃过饭了：那带烤鸭吧？

Fulam：好。

手机息屏没多久，林汛慌慌张张地推门进来："想姐——"

"怎么了？"她对这位组员的冒失已经习惯，笑着说，"又给大家订错午饭了？"

"不是！刚刚我去做巡检，中区那边拆铝板的三个工人从二楼摔下来了！"

黎想惊得猛地站了起来："现在呢？"

"已经打过 120 了，在派救护车过来。都还活着，但有一个伤得挺严重……"

林汛话刚说完，看见她拿起桌上的白色安全帽要往外走，他连忙也追过去："想姐，等等我！"

黎想跑过去时，项目部其他几个人已经赶过去围在那儿，见她过来，忙腾出位置。

承重架立在一旁，中区地面上还在扎钢筋，满地狼藉。几个倒在地上的工人都见了血，哀号着喊疼，其中一个的安全帽摔碎了，看上去伤势最严重。和他一起在工地的妻子正跪在旁边哭天喊地，六七个工友在帮忙安慰。

救护车的鸣笛声传来，医护人员将担架抬下来，其中一个护士直接问道："你们这里来个负责人一起。"

黎想看得心口发紧，转过身："万澄姐，你跟着去医院看着，有情况随时通知我。"

救护车来得及时，走得也快。

剩下几个工人在检查承重架，几个带队的包工头在工程经理的要求下驱散人群，安抚军心，让他们先去食堂吃午饭。

"你们会赔钱吧？"

人群中，一个十六七岁的小姑娘突然开口问。

"你没戴安全帽怎么进来的？"黎想看着她，皱眉喊，"保安呢？无关人员也能进工地吗？你们怎么看着门口的？"

几个保安姗姗来迟，边道歉边拉着小女孩要走。

"他是我爸爸，我刚放寒假。"女生眼里蓄满了泪水，回头看她，

"我们说好了下周要一起回家过年的……"

黎想被她死死盯着，生出一股无措感，掐住自己的掌心冷静地回应："所有工人都有签劳务合同，出了意外都会赔偿，希望你爸没事。"

工程才开始两个月不到，就出现了这种意外，无疑不是好兆头。

涉事的几个工人被请到会议室，DK 设计组的同事和姚中建设那边的代表也都赶了过来。

姚中建设的人先问道："怎么回事儿？"

几个工人推推搡搡，一个年长点的老师傅被推出来回答："承重架差了五公分，拆铝板的那几个工人只能踮脚去弄，才会一下子摔下来。"

黎想难以置信："怎么可能差五公分！上周我们开会的时候还特地提过承重架的高度。你们的定稿图纸呢？"

"黎工，你是说了要买高一点的，但是……"老师傅看了另一批坐着的人，支吾地说，"姚工后来改了，我们以为是你们上面的决定。"

"姚于姣？"一同事问。

"是啊，我还想着你们管理层的人都是高才生，用那些公式定理推算的距离、高度都精确到小数点，肯定比我们这些糙人用眼睛看得更准。"

话刚说完，办公室的门被推开。

吃完午饭回来的姚于姣看了眼一屋子的人，咳了一声："都在啊，事儿我都听说了。"

没等她寒暄完，黎想打断她，单刀直入地问："谁给你的权力改承重架？"

黎想虽然是这个项目的工程师，但平时和手下这些同事都混得不错。她年纪不大，又生得纯静温柔，没有什么领导者的架子。

可这会儿都看得出她在发火，一屋子人没敢说话。

姚于姣脸色也有些难看："你们先出去，我和黎工谈谈。"

等人全走了，她拉上窗帘。

黎想对她的淡定忍无可忍："你疯了吗？这里就算是涂料打个样都要我签字，换承重架这么大的事儿，你自作主张！"

"我说了几次，我不是你的下属。"姚于姣挪出一张椅子坐下，"我也不知道是承重架出了问题啊，我算了几次，距离都是够的。"

"工地上为了安全起见从来都是宁多不少，你为什么要私自改？"

姚于姣直截了当："省钱。"

黎想简直无语："姚中建设是同意以这个预算承接工程的，你到底知不知道你是站在哪一方？你不用来跟这个项目了，我会去找一哥把你换去别的组。"

"换掉我？你有没有搞错啊，一哥他敢换我吗？"姚于姣破罐子破摔，"我实话告诉你，姚中建设就是我家的！"

上次工程造价被坑，多亏黎想找到漏洞重签了一份合同，所以姚于姣对她观感还不错，但谁知道她这么爱较真。

说到底姚于姣来 DK 任职，只是因为姚氏给薄兆让了块要紧的地皮，那她想在这个小项目上多点话语权也无可厚非。

黎想显然不清楚这种关系："那为什么你可以出现在 DK？"

"当然是你们 DK 实际控股人同意的。哦,对了,不是那个闻董事,你一个小建筑师都不认识吧？"姚于姣没耐心地翻了个白眼,"本来就是我和他之间的事儿,你瞎掺和什么。"

黎想："薄浮林吗？"

姚于姣错愕几秒,没回答,直接扯开了话题："不是没死人吗,事儿也没闹多大,走保险流程赔钱就好了啊。"

……

黎想去了一趟医院,陪着万澄在医院楼梯间快速吃了午饭。

"两条腿都骨折了,上了钢板。另一个是脑震荡,后脑勺缝了针,现在还昏迷不醒。"

万澄为了安抚家属,半天下来也累得够呛,又问："没有记者过来吧？年关在即,他们正缺新闻呢。"

"林汛没说,应该还没事。"黎想一路上都跑得急,胃有些痛,喝了口水缓了缓,"我让人把承重架换了,容工刚才也来了。"

"换了好。这个小姚也真是的,不打声招呼就往下吩咐人了。"万澄推了推她,"你知道她什么来头吗？"

"刚知道。"

她之前从来没想过建设集团的人居然还能进建筑设计部指手画脚,原来两边只需要大小姐和太子爷互相点个头而已。

万澄惊讶地看她："你消息也这么灵通了！那咱们部门的人是不是都知道这位姚小姐是薄总未婚妻啊？"

黎想愣住："什么？"

"隔壁组阿志说的啊，说看见过这俩带着各自的长辈在大酒店一起吃饭。"万澄叹了口气，"估计是在商定婚期了……"

手机里，消息弹出来。

Fulam：刚下飞机，我来接你回家？

我吃过饭了：您来 DK 一趟吧，谈公事。

薄浮林是在回 DK 的路上收到了总监发来的消息。

佘山度假村的总工程师是容工，她手下的建筑师出了事，当然要上报。

傍晚六点，不加班的一批人已经提前下班，电梯正挤着。

薄浮林拎着一份烤鸭进了许久没来的办公室，手摸了摸餐盒底下，还温着，飞了两个小时，这保温做得还不错。他顺手把买的红玉髓项链藏在了玉箸底下，期待看见黎想的惊喜表情。

办公室的门被敲响。

下一刻，黎想推开门进来。

她今天下午几乎没停过，在工地简单处理完事，又跑去医院和家属沟通，整个组的同事都因为这事儿忙得团团转。天寒地冻的，她刚才打车过来还吹了冷风，这会儿脸色有些苍白。

"你怎么穿这么少？"薄浮林朝她伸出手，要试她手心的温度，"先吃东西吗？"

黎想没其他动作，只是坐在了他对面，隔着一张办公桌开口："工地今天出了事故，三个工人受伤了。"

他被她的冷淡情绪影响到，也恢复成谈正事的表情："一哥跟我说了。"

"因为姚工私自换了承重架才导致了这起意外。当然，我没有要推卸责任的意思，毕竟她是我组里的人。"黎想抬起眼，"但她说过她不归我管。我听说她是你未婚妻？"

她最后一句话头拐太快，薄浮林失笑，觉得荒谬："你在胡说什么？"

"很好笑吗？"

他以为她在吃醋，抬手正经地解释："抱歉，但你从哪儿听来的风言风语？"

黎想："如果你们不是这层关系，那她为什么可以进DK？"

"她……是姚氏的副总。"薄浮林简单解释了下这场交易，"因为薄兆，所以卖了她一个人情。"

"你知道造价合同出问题的那两天，我有多着急吗？"

"你没和我提过。再说那是她捅的娄子，她自己会解决。"薄浮林不理解地问，"你何必这么上心？"

薄浮林也委屈，他为了大局选择自己吃亏，忍辱负重把姚于姣放到了DK狐假虎威。工程合同的差错不过是他给姚于姣、给姚氏的下马威，就算黎想没揪出错处，大不了就是姚于姣自家掏钱补上这笔亏损。

名商世家出身的人确实配得上这样的手段。

黎想咬牙："我们整个组的心血，只是你们两个富二代无聊对峙的工具？工人的人身安全，对你们来说也一文不值是吗？"

薄浮林往后靠在椅背上，掀起眼皮："我也不希望看到工人出事。

但这是姚于姣工作不周，你来质问我，对我不公平。"

"那你对我公平吗？"黎想声音拔高，咄咄逼人，"平白无故塞个关系户进来，我做了几个月的方案，为什么要和她共享成果？"

他微微蹙眉："你像个学生在告状，就这么委屈？"

不是的。

如果她想表达委屈，不会从工作这件事开始。

"薄兆收购了勃海，现在的佘山度假村只是第一期，之后升级的二期、三期避暑山庄才是大工程。"薄浮林缓了缓语气，耐心地替她分析，"姚于姣跟完第一期就会走，之后的几期都是你的。"

这是企业内部还没成型的计划书，他本来从不说这些，但这会儿告诉她也是想让她高兴。

这些项目落地至少要几年，对一个新人建筑师来说算是同行里一骑绝尘的工作机会。

黎想只问了一句："她现在会走吗？"

他没说话。

"她犯这么大的错，但是不会走！反正那几个工人也没出大事。"说到这儿，黎想自嘲，"就算真出事了，她也不会走……"

薄浮林想让她冷静点："在商言商，这是一个工程。别和私人感情混为一谈。"

黎想失望地看着他："别人都可以说出这句功利的话，但我觉得你不行。"

薄浮林："你未免对我太严苛，我也只是普通人。"

"普通人？如果你只是一个普通人……"黎想突然笑得讽刺，

拍桌气得发抖，"那你凭什么啊？"

凭什么被她当成目标，努力这么多年来靠近。

她的话语逐渐刻薄："是我把你想得太美好了，其实你和那些烂人没什么不一样！甚至你比他们更冷血。"

她像是把他当成陌生人，薄浮林也带了丝恼意："没有人是圣人，你靠近我的初衷不也是为了满足私欲？我从来没提过你和何宝珠的关系——"

黎想一瞬间怔住，她当然听明白了他的潜意思。她莽撞青涩的进取追求，原来在他眼里是这样的初衷。

不要吼她，生气也不要说反话。薄浮林明明是这样想的，可她对他变得很没耐心，这种落差感让他有些失去理智了。

黎想倏地感到无比疲惫："算了。"

他心下一空，起身强硬地拉住她，冷声问道："什么算了？"

黎想挥开他的手，怒气之下，一巴掌径直朝他那张好看的脸上扇了过去。

"啪"的一声，整间办公室安静了刹那。

她手心发麻，蜷了蜷冰冷的手指，离开前没再多看他一眼。

Chapter 7
奔赴她

你见过更好的人了吗?

1

死气沉沉的办公室里没了任何硝烟，薄浮林瘫在椅子上，心里一股郁结，盯着落地窗外的霓虹。

黎想居然打他。

脸上挨一巴掌算是人生初体验，真把他气笑了。

她还说他和姚于姣是无聊对峙，姚于姣哪敢打他？

薄浮林缓缓闭上眼，舒出一口气，他不是过来跟她吵架的，但太久没和人如此针锋相对、咄咄相逼，偏偏黎想还这么了解他，几乎针针见血，句句能激怒他。

其实理性点看待这事，本来就是立场不同，有分歧摩擦也正常。

他渐渐把自己劝住，看了眼从京市带回来的烤鸭，准备去把人追回来。

门外还有几个部门里的人在加班，刚才办公室里闹出这么大动静，后面黎想还气冲冲地出来，不免激发了一些人的八卦心。

打头阵来探口风的是项目经理陶丞，他敲了敲门，见薄浮林正要走："薄总。"

薄浮林"嗯"了一声，没打算和不相干的人讲太多。

"您别和黎想置气，小姑娘刚工作，凡事都认真。"

陶丞本来还想替黎想多说几句，下一秒看清薄浮林脸上的巴掌印，嘴都惊得没合上。

小少爷细皮嫩肉，挨了巴掌后脸有些肿。

但薄浮林没察觉，显然是麻木了，点点头："知道，你让容工多盯着点。挡门口干什么？"

陶丞欲言又止，索性直说："刚才黎想出来后递交了辞职信，我现在就去批。"

薄浮林拧眉："谁让你批了？"

陶丞摸不准他的意思，也有些莫名其妙："我不批，还有谁批？"

"你都说她小姑娘刚工作，她闹个脾气怎么了？"薄浮林越说越烦躁，眉心皱着，"起开。"

他出来后扫了眼黎想的工位，她的东西都还在，但他却有些心神不宁，他没想过这件事情会这么严重。

他打黎想的电话，对面却关机了，微信消息发过去也毫无音信——一系列办法都试完了，他仍没联系上她。

薄浮林从来不知道女朋友生起气来是这样，他之前没谈过恋爱，也没有吵架的经验。

在躁意下踹了一脚车门后，他又发现黎想把头像和 ID 都换了。

她在看手机，却故意不回他。

他试着发了消息过去，下一秒显示了一个红色感叹号。

这种回避式冷战让薄浮林无计可施，他以前也不清楚黎想会用这种他最讨厌的方式和他吵架。

他缓了一天，次日问罗聿成在公司有没有看见她。

罗聿成：陶丞跟我说她辞职了啊，她要走的态度太坚决了。容工现在在让姚于姣对接她手里的活，她那组的栾云今天把她工位上的东西都寄走了。

薄浮林盯着那几行字不动，后知后觉地想到黎想的冲动怒气……以及，自己是不是被单方面分手了？

他去她小区楼下等了一天，等到半夜，也没见她出现。

他知道她是和人合租，所以交往期间从来没去过她那儿。他也没见过她身边的其他朋友，唯一知道的只有几个和她挺熟的同事。

包括自己的公寓里，她留下的东西也不多，都是些可要可不要的。

或许怪他不在意，也怪他最初在这段关系里不够专心。黎想表现得对他太情有独钟，他才一直有恃无恐。

可到这一刻，他才发现自己居然真的没有其他渠道能找到她了。

最后，他只能联系何宝珠，把人约出来喝下午茶。

将近年关，大家都忙，但何大小姐还是一如既往的闲。前几天刚在柏林看了秀，还办了自己的艺术展。

刚坐下，何宝珠就碎碎念："今天怎么有空找我了？上次给你发邀请函也没来。"

"我找你有点私事。"薄浮林直接问，"你之前说有个读建筑的妹妹，是黎想吧？"

何宝珠显然很错愕，但还是如实点点头："对啊。"

"你能联系到她吗？"

"你为什么要找她？"

"她是我女朋友，我和她有点误会。"

"她是你女朋友？"何宝珠不可置信，"她怎么勾搭上你的？"

薄浮林不悦地睨她："保持一点教养，你平时对她用词也这样吗？"

何宝珠脸上一阵红一阵白，戗声道："你自己的女人都找不到，那我能怎么办？我给她打电话？我没她号码啊。"

"她不是你妹妹吗？"

"又不是亲妹妹，我跟她不熟！"何宝珠吐槽道，"要不是她爸因为救人死在了我家酒店里，我妈怎么可能让她次次来参加我家里的晚宴。"

薄浮林瞳孔骤然收紧："你说什么？"

"你不知道她和我家的关系啊？你们真是男女朋友吗？"何宝珠怀疑地看向他，简述了黎想和何家的关系。

"她爸是个建筑师，当年替我家建酒店，因为工地管理不善，有一伙工人生火取暖造成火灾，楼烧了大半，最后她爸为了救一个工头的孩子，自己没活着出来。

"我爸妈心善，给她家赔了挺多钱，还为了纪念她爸，建了个以她爸的名字命名的慈善基金会，当初还说要收养她呢……我家对她家可不薄。"

何宝珠说到这里，流露出几分同情："她爸头七那天，她高考完。本来应该能考到京市去的，但最后没有，估计也是受了这个影响吧。"

薄浮林久久未回神。

明明门外是暖阳天，他心口却越来越寒。

他先入为主地误会了很多东西，也总以为黎想只是闹几天情绪，但听完何宝珠的话后，他突然绝望。

工地这件事说小不小，说大不大。

可联系到黎想自己的经历……

她或许，真的不会再回到他身边了。

黎想这些天压根不在安清市，上交辞职信后，她屏蔽了所有消息。

辞职不是一气之下的决定，她不能容许不受控制的工程在自己手里进行。

恰好，嚷嚷了大半年要换工作的邹思萱也准备辞职。

两个人不谋而合，决定放松几天，于是一起跑来了香港红馆看演唱会。

那天晚上去场馆之前，黎想总算鼓起勇气把电话卡插了回去，回复了工作交接的邮件和一些同事的问候。

五分钟后，她接通了薄浮林打来的电话。

大抵是没想过会被接通，薄浮林听着对面的呼吸声，迟迟没开口。

僵持了一会儿，黎想说："我留在你公寓里的衣服，请你自行解决，我都不要了。"

"黎想。"他声音很哑，"我找过何宝珠。对不起，我弄错了一些事。"

就这样吧。

她想，她的青春在这一刻可以画上句号了。

黎想鼻子酸酸的，低着脑袋："我爸妈当初离婚的时候，总因为一件衣服吵架。

"一个觉得为什么不能把脏衣服放在衣篓里，另一个觉得为什么因为这点小事就生气。其实看上去都没有错，但就是不能再在一起了。

"我总觉得你应该得到很好很纯粹的爱，现在我也这么觉得。但我没办法像以前那样去爱你了，不是你的问题。你一直都是这样的，你从没变过，是我自己的原因。"

她始终不能对他说更难听的话，他依然在她回忆里是很美好的存在。

一座雕像，即使坍塌，仍然是神。

她轻声说："你会是优秀的商人，但你从来不是合适的爱人。"

这样的否定几乎让薄浮林如遭一盆冷水。

他以为彼此的情意都是在今年夏天的不期而遇中慢慢升温的，却不承想，那竟然已经是她最爱他的时刻了。

那天的红馆还是一样喧嚣，歌神的演唱会总是人气高涨。最后一首歌，陈奕迅翻唱了张国荣的《玻璃之情》。

万人合唱，灯光皆亮。

如果你太累，及时地道别没有罪。

一生人不止一伴侣，你会记得我是谁。

犹如偶尔想起过气玩具。

我抱住过那怕失去，早想到玻璃很易碎。

……

听到这歌词时，黎想发觉自己到这时才从这场南柯美梦中彻底清醒。她知道及时止损，也愿意自负盈亏。

也许她爱的已不是薄浮林，而是这些年来倾注在他身上的感情和执着。

"多谢你做我平淡岁月里的星辰。"

她没有追过明星，但薄浮林就像她追逐的那颗星，让她明白了慕强的意义。

至少在奔赴他的这些年里，她变成了更好的自己。

黎想从 DK 辞职，却也在重新找工作时因祸得福，被之前勘测设计院的陶翁院士给联系上。

可当时的时机已过，好的岗位总有人前赴后继。

陶翁给了她一个去海外的机会，也问她的选择："我们院有个工程项目在纽约，你能过去帮忙吗？"

黎想问："这算外派？"

"是，但那个项目至少要八个月后才能竣工，你今年春节可能不能在国内过了。"

陶翁还让她在语言上多花点功夫，毕竟这算她第一次孤身在异国他乡。

飞往纽约那晚是小年夜。

黎想和同样留在海外的中国同事们一起守岁跨年。

当晚有人玩起真心话大冒险，不约而同地聊到前任。

黎想被酒瓶指中，喝了满满一口酒，皱着脸，醉醺醺地说："喜欢过一个公子哥，喜欢他'平亿近人'。"

几个人起哄："看不出来啊，还以为你视金钱如粪土，原来你也好这一口！"

"骗你们的……虽然我是很爱钱，但我开始喜欢他的时候，根本不看那些啊。"她喝得太多，低声呢喃，"那会儿只是喜欢他这个人。"

可小王子也是要长大的，总会成为让人敬而远之的国王。

来到纽约的一个月后，黎想慢慢觉得这个城市很有趣。

街头的黄色计程车来来往往，时代广场遛猪、遛兔子的人随处可见，而她常坐的八号线地铁，穿奇装异服的人也屡见不鲜。

只是纽约太冷了。

三月上旬，曼岛的交通居然瘫痪在暴雪里。

她和几个同事因为道路还没疏通，被困在了办公室。从办公大楼往下面看，整座海岛城市覆上了一层白茫茫的冰雪。

点开天气预报，她突然看见了在安清市下面的那座城市。

几乎是下意识的，她眼眶有些酸痛。

明明在过新的一年了，她也已经去过很多城市，却又觉得自己一直被困在香港的夏天。

一群同事在吐槽：外卖平台上那哥们儿的交通工具居然是 on foot（走路）；又在说雪下这么大，居然没备几把伞在办公室。

旁边有人凑过来喊她："还以为你饿哭了。"

"没有。"黎想关了手机，突然想起什么，笑了笑，"我那把伞要是没丢就好了。"

2

#纽约暴雪#冲上了各大平台的热搜，坐标在纽约的列表朋友都在朋友圈里分享大雪照片。

远在万里之外的香港却万里晴空。

三月份，湾区天气正明媚。

此时，薄浮林在浅水湾外祖母家，无聊地翻了翻好友们的雪景动态，心不在焉地胡思乱想。

在纽约被一场雪困住的时候，黎想会不会想起去年夏天丢在弥敦道的那把伞？

都说隔辈最亲，薄老太太自然很疼这个外孙。

出门去海钓时，老太太问："你怎么闷闷不乐的，陪老太婆出游不开心啊？"

"哪有。"薄浮林随口道，"工作太忙了。"

"你爸妈急着退休，让你一个人独挑大梁，忙也是正常的。"老太太那双眼睛洞若观火，摇摇头，"但你看着不像是忙工作，倒像是丢了什么东西一样。"

他自嘲道："得，告诉您好了，我丢了个对象。"

老太太幸灾乐祸："哟，被甩了啊？"

"是啊。"薄浮林揉了揉脸，手肘抵着膝，低下脑袋看着地面，晒笑，"第一次拍拖就被甩，那姑娘还说您外孙不适合谈恋爱。我估计我以后也找不到对象了。"

老太太笑得更欢，摸摸他垂下去的脑袋："跟外婆说说，是个什么样的小姑娘把你贬成了这样？"

其实真没什么好说的，掰扯开就这点事。

误会有，但不算多。

他和黎想在一起统共就半年多，还以为能一块儿过小年，结果现在分手都快几个月了。

听完他平平无奇的叙述，老太太也不站在他这边："你努力站到这么高的位置，理应是要尽力保护想保护的人。你要说看利益，要权要钱有什么用？物尽其用才是最大利益化。

"你从小不缺人喜欢，什么都有，怎么会懂别人爱人的心情。"

老太太拍了拍他的背，又聊起一个很久没提的人："你姐姐去世后，我知道你过得也辛苦。"

那时，他成了家里唯一的孩子，薄兆必须要交到他手上。

因此他步步比别人快，也要稳。在生意场上抢项目，样样直撄其锋，商界新秀里，谁不夸他出类拔萃。

老太太点到为止："你年轻骄傲，但没人求你面面俱到，偶尔你也可以顺着心意来。"

薄浮林陷入沉默，久久未语。

"理智"二字放在任何地方都是褒义，唯独在爱情里是贬义。

当初和黎想在办公室里谈话，他难道真的不能听她的话换掉姚于姣吗？

这本就是对她不公平的人事调动，可她把不满忍了下来，直到工人出事，才彻底触到她的逆鳞。

他开始估量对黎想的感情到底值得自己让步多少。

而黎想对他的心意又到底有多少？

她不是说过很喜欢他吗？喜欢他，为什么还会因为一场吵架就不要他？

她走得这么决绝，删好友时有犹豫过吗？

没几天她就找好新工作，飞去了纽约。

他对她来说到底算什么？

她喜欢的，到底是什么样的他？

这个问题，薄浮林没想到会在两个月后，在于好音的婚礼上得到答案。

六中昔日的校花结婚，排面自然够大，请来了不少人。

薄浮林本来不愿意凑这个热闹，但段明昭也收到了这位前女友的请帖，喝了一夜酒，托他带去新婚礼物。

交换戒指后的晚饭前，一伙人在那儿热聊。

薄浮林准备提前离开，却被身后一道女声喊住："'前夫哥'？薄浮林！喊的就是你！"

他皱眉转过头，看着眼前那张陌生的脸。女人显然也是六班的同学，短发齐肩，瓜子脸，穿着一套鹅黄色礼服裙。

"就知道你不记得我，大少爷哪会记得我们这些无名小辈啊。"女人自报家门，"我叫林慕，和你是一个班的。"

薄浮林不关心这些，只是有些不明所以："你刚刚叫我什么？"

"哦，'前夫哥'。"林慕说到这儿突然笑了，"你不是吗？我和黎想是好朋友，我刚从纽约回来。"

林慕是黎想高三一整年的同桌，学生时代也算是隐形的边缘人物，不起眼不活泼，不会交际。现在从事法律工作，性格倒外向了许多。

前不久有单案子的当事人在纽约，她飞了过去，在朋友圈恰好刷到黎想发的动态，两人就这么一拍即合地重新联系上。

本来她们不会默契地聊到恋爱史这个话题，黎想也总以为自己高中那段暗恋藏得天衣无缝。

但敏感的人都有一个共性。

林慕那会儿还只是怀疑，也不好意思问。如今倒没扭捏，异国他乡多约几次饭，热聊谈心后，什么都清楚了。

薄浮林没法反驳林慕的挖苦，但也不知道该对她说什么，只露出了一个无奈的表情。

"哈哈哈，第一次看你吃瘪！爽！"林慕捂着嘴笑，贴脸开大，"好想把你这个样子拍给黎想看啊，早知道就拉她一块儿回国了。"

薄浮林冷淡道："她是去工作，哪有这么多假期。"

"你都'前夫哥'了，了解得居然还蛮清楚。"林慕佯装惊讶，又不经意地提起，"不过她自己忙着谈新恋情，应该也不在乎你了。"

薄浮林愣了愣："是吗？"

也才过去半年，她身边都有新人出现了。

他失意的神态压根藏不住，林慕心里涌起一股替好友打抱不平的成就感，继续添油加醋："你人生顺风顺水的多没意思啊，多吃点爱情的苦吧。

"说实话，我都不知道以前为什么这么多女生迷恋你，我是真看不上你这款，还不如段明昭。偏偏黎想也喜欢你，毕业后还追去你那公司受气……"

女人叽里呱啦，说了一堆不吐不快的话。

薄浮林后面的完全没听，却抓住了那句关键，黎想"也"喜欢？

怕打草惊蛇，薄浮林没有特意再问。只是离开后，他忍不住想起和黎想交往期间的点点滴滴。

在他的印象里，他对她是由欣赏到好奇，再到渐渐真心。

但如果黎想早就喜欢他，那她那些说不出来的"奇怪"似乎都有了合理的解释。

她之所以了解他的喜好是因为一直在意，她带他去吃六中附近的那家面馆，她时不时提起的高中，她说他是她的战利品……

原来真的有人靠回忆喜欢了他这么多年。

薄浮林想着想着，一阵酸楚的情绪涌上来，几乎将他淹没。

回到家，他找段明昭要了一份高中毕业照。他记得自己高三下学期已经不在国内，没有和班上的人合照过。

收到那张集体照后，他仔细找了会儿。

终于，找到了站在角落里的黎想。

女孩绑着低马尾，站得并不直，嘴角微微弯起弧度，脸很小，身上那件校服宽松而肥大，把她衬得更瘦弱。

是不会被人特意记住的样子，和如今的她差别太大了。

Fulam：运动会照片有吗？大型活动、聚餐、大合唱，总之有全班集体照的都发给我。

段明昭发了条语音："有啊，我空间里存着几千张，待会儿开了权限你自己去看。不过你干什么呢？缅怀青春吗？"

Fulam：找找我青春里的黎想。

3

五月下旬，安清市的树木已经葱郁。

柏油马路上是来来往往的车流。

"我想要吃冰激凌！我现在就想吃，你给我去买！"小男孩任性地撒泼，人几乎要从副驾驶的安全带下挣脱出来。

黎想听得头疼，皱着眉："卫天珺，安静点。你早上还在拉肚子，就算妈妈在也不会让你吃冰激凌的。"

纽约那个项目结束后，黎想并没有立刻回国，反倒又接手了一个小工程，在那儿多留了大半年。

结果刚回国没几天，就被母亲委以重任——照顾她在读一年级的弟弟。

黎母和丈夫去了外地出差，接送他的任务就交给了黎想。但设计院和学校是两个方向，诸多不便。

好在从今天开始，小学放暑假了，她不用再跑学校来回接送。

"谁说的不让！妈妈会给我买的。"卫天珺在耍赖未果后，开始上手推她，"出了这里就到冰激凌店了，我要开心果口味和西瓜口味的！"

"别推我，危险！我在开——"

黎想话音刚落，已经来不及了。

她眼睁睁看着方向盘被转歪了些，车前灯撞上了从另一个路口出来的一辆银色阿斯顿·马丁，她踩下急刹车，轮胎在路面上发出刺耳尖鸣声，她的额头也磕到了方向盘上。

好在没发生什么大事故。

黎想转过脸，怨愤地看向罪魁祸首。

卫天珺这会儿倒老实巴交，乖乖闭上了嘴。

可黎想发现今天最倒霉的事还不是撞车，而是撞的居然是她前男友的车！

银色阿斯顿·马丁的天鹅门缓缓向上拉开，从主驾下来的男人鼻挺唇薄，五官出众，一身穿搭松弛慵贵，一眼看过去就是养尊处优的主。

猛地被撞，薄浮林也有些始料不及，捏着疲乏的后颈走上前先瞥了眼自己烂了一半的右车灯。

这车刚改装完没多久，可惜了。

不过看上去，对方的车前盖破损得更严重。

副驾上的薄千饮也下来了，看了眼两边的状况，同情地发出感慨，边上还站着不少看热闹的路人。

黎想认识薄千饮，她在他手机里看过女孩的照片，没什么变化，最大的特色就是那双与众不同的琥珀色瞳孔，漂亮又有异域风情。

她尴尬地把手挡在额前，心想这是造了什么孽，两个接孩子的家长竟然以这种方式重逢了。

卫天珺在旁边小声问："要赔吧？姐，你不下去吗？"

何止要赔，她还全责。

黎想瞪了他一眼，从中控台的储物格里拿上便笺纸和笔，打开车门出去。

"哇，撞你的还是个美女姐姐！"薄千饮嚷嚷道。

薄浮林目光中含着警告，屈指敲了下她的脑袋，转过来那一刻，却猛然一怔："黎想。"

黎想局促地点了下头，视线在两辆车的受损处停留了会儿，抿抿唇："抱歉，我刚才没注意看路。"

她余光扫到男人深隽的侧颜，听见他低沉清朗的嗓音响起："吃饭了吗？"

戒断反应在此时发作，怎么会有人每次见面都这样问？

她几乎没犹豫地回答："吃过了。"

过于平静的对话显得生疏，薄浮林继续说了一句和这起事故无关的话："你头发长长了。"

黎想正在翻通讯录找电话，闻言周身一僵，脸颊微烫。

她避开他的目光，弯腰趴在车前盖上，用笔在便笺上写下一串号码，回头递过去："这是我车险公司的电话，你联系他们吧。"

薄浮林没动，只是沉默地低眸盯着她，像是在用眼睛描绘她那张许久不见的脸。

傍晚的夕阳依然很晒，黎想直接把字条塞进他手里，侧过眼神，匆匆告别："那我先走了。"

那辆白色轿车开走了有一会儿，薄千饮终于忍不住推了推她边上的"望妻石"："哥，走啦。"

薄浮林微不可察地叹了口气，掌心收紧，握住那张便笺。

其实也没有很久不见，他总觉得一年多前发生的事不过是在昨天。

半年前，他捐了一笔善款到以黎想父亲为名的慈善基金里。三月底，他还飞了一趟纽约去见她。

当然，是单方面的"相见"。

快到家时，琢磨了一路的薄千饮终于张嘴："哥，你是不是不开心啊？"

车往别墅一楼的车库里开了进去，薄浮林语气随意："突然想起了以前喂的一只猫。"

大二寒假他回国，在家那段时间，有一只脏兮兮的野猫总能巧妙地躲过保安抓捕，跑来他家门口。

他喂过一次后，那猫就天天来。

那天薄母回家早，看见了，问他是不是要养猫。

薄母一直不喜欢这些带毛的动物。薄浮林就摇头，说不养，他也不喜欢猫。

一回头，那只猫不见了。

后来那只猫再也没来过门口找他了。

薄千饮："哥，你伤害了喜欢你的小猫。不对，你辜负了本来很喜欢你的那个漂亮嫂嫂。"

薄浮林诧异地看她。

薄千饮装出一副"爱情专家"的模样，露出故作高深的表情："我是十五岁，可不是五岁！"

回房没多久，薄浮林给司机发了条明天把他那辆车开去维修的消息，看着桌上那张便笺，蓦地找到林慕的朋友圈翻了翻。

上次加上她之后，她也没把他屏蔽。

果然，她最新一条动态是和黎想在一家泰国菜餐厅吃饭，两人都没露脸，只露出了黎想今天穿的那件茶白色线衫。

段明昭那边给他发来一条长语音："上回那谁的婚礼你都露脸了，教导主任可记得你，班主任也记得你！好几次同学聚会请不到你，这次可是学校的百年校庆，你好歹是个有头有脸的有为青年！再拒绝有点不礼貌了吧？"

薄浮林瞥了一眼，不感兴趣地正要退出。

下一秒，段明昭发来一句：听说黎想也会去。

Fulam：听说？

段明昭：她前段时间不是拿了一个建筑行业的什么奖吗？校方特意请你们这些各行各业有出息的校友回来演讲，就是让你们给高考生当榜样的。

他说得没错，美国建筑师协会奖今年公布的获奖名单里，黎想所在的团队获得了联合办公空间类别的决赛优胜奖。

这算是被业内称为奥斯卡奖难度的奖项，含金量极高。

安清市建筑勘测设计院提名黎想作为核心建筑师之一，AIA协会授予了她青年建筑师奖。

Fulam：校庆是什么时候？

对面的段明昭看到这句回复，终于忍不住骂了他一句"重色轻友"。

百年校庆在这周六，算开放日，不少家长都过来凑热闹，来访者还有七十岁高龄的老教授，和曾经的学长学姐们。

高一高二的学生已经放假，高三生则在自习，再过一周就是高考日了。

原六班的一群人慢悠悠地朝教学楼走过去。

大家在高三毕业后都奔赴各自的人生旅途，五六年没见的老同学叙旧起来难免"半熟夹生"。进入社会后，大家做着不同的工作，有西装革履的，也有一如既往吊儿郎当少年样的，早就不是十几岁那会儿了。

黎想来得晚，被林慕拽着赶紧加入了大部队。

她一眼就瞥见了走廊里被人群簇拥着的那道高瘦身影，心虚地拉住好友："你慢点走，慢点走啊。"

"黎想，你这什么出息！"林慕话说得直接，"曾经的你，在校园里从来都只能看着他的背影。难道现在你还要一直看着他的背影吗？"

黎想捂住她的嘴："……我知道了，你让我有点心理准备。"

当初他们分开得太难看，多少会有尴尬存在。

重逢又是因为她撞了薄浮林的车，虽然这几天都没等到那张保单，但她还是有些不自在。

"你看那个胖子老厉，他读书时瘦得跟只细猴似的啊！没想到现在孩子都三岁了，是个早婚族。

"那个鼻子快要把气球戳破的女生是不是常安妮啊？她怎么整成这样了，我都没认出来，听说当网红了。

"这个穿拖鞋的男人是谁，是六班的人吗？怎么没一个认识他的，不会走错班了吧？"

一路上，林慕就没停下嘴，叽叽喳喳甚至吵过树上的蝉鸣。

黎想不解地问："你高中怎么不像现在爱说话？以前你话比我还少。"

"那时不知道该说什么啊。"林慕笑着吐槽，"但我内心戏很多，班里那些风云人物每次闹出点事，我心里都已经给他们写出一本书了。"

黎想理解地点头："我猜你没少拿段明昭和于好音当素材。"

"何止！段明昭那渣男哪里配得上于大美女，我还总期待薄浮林和于好音走到一块儿呢。"说完，林慕拍拍她的肩膀，"你别生气哈，我当时只是脑子里想过而已。"

黎想眨了眨眼，有些无语："跟我又没关系。"

一群人走到原来的教室。几年过去，教室没有翻新过，只是贴在黑板报上方的运动会奖状已经换了，桌椅也换了新的一批，椅子变成了有靠背的。

林慕在靠墙的图书角那儿发现了两张老桌子，忙唤黎想："这不是你和我以前用的桌子吗？'退休'下来变成堆杂物的了。"

同学里有人诧异："真的假的？你还能认出来？"

"看到这里没有？"林慕指着自己桌子一角，"我读书那会儿很喜欢吃食堂的虎皮凤爪，吃一次做一次记号。"

学习委员凑过来看那一排"正"字，震惊："那个窗口每次都排长队，你居然吃了六十次？"

"小意思。"林慕得意颔首，又好奇，"不过我不知道黎想那几个'正'字是什么意思。"

话题一转，这群人都看着黎想。

她尽力忽视那道一路没有交流的眼神，拉着林慕往前走，含糊道："哎呀，我早就忘记了，可能也是吃了什么菜吧。"

他们往前走，薄浮林倒是站在那儿停留了片刻。

他观察了须臾，黎想那张桌子一角上面有五个"正"和一横，她之前的微信头像好像也是这个。

薄浮林抬手，扫开压在上面的旧报纸，往下一点的位置有几个小图案，是几朵云在下雨。

校庆在大操场上正式开始。

高三生全体集合，喊了口号之后，都搬着椅子坐在主席台下听总结。

先是各大校友回校的捐款回馈播报，再就是那几个被挑出来做演讲的校友代表上台。

很快，轮到了黎想。

她一向做什么都很认真，对待母校布置的任务也如此，一篇以"考前放松心态"为主题的演讲过后，是互动问答环节。

一个拿着话筒的女生站了起来："学姐，我刚才搜了一下，百科上介绍你是一位很优秀的建筑师……想问问你是不是从小到大都这么厉害啊？"

"不是。我从小到大成绩一般都是中上游，不偏科，但也没多出众的科目。"黎想微微一笑，"高三好不容易拼到全校红榜，结果高考没发挥好。"

台下一片哗然，惋惜的、叹气的都有。

黎想被他们的反应逗笑："大家不用太担心，我当时是家里出了点事。不过我大学很努力，成功保研了，这些年也学习、体验了很多。我从来不是万里挑一的，所以我可以，你们也可以。"

一阵掌声后，女生又问："那学姐，你学生时代有没有想过学习以外的事啊？"

黎想瞥了眼台下第一排的校领导们，不好意思地笑了下："我老师他们还在这儿呢。"

但这群高三生压根已经放飞自我，底下有人喊道："怕什么，你毕业了！天王老子也管不了你！"

"这位同学小心待会儿被你班主任喊走啊。"黎想调侃开口，回到正题，思忖片刻，"有想过一些可能会耽误学习的事，但那时候也只是想想。"

说起八卦，一群人兴致盎然地起哄。

当然，黎想也只是点到为止："好好长大吧，一步一步扎实地走，只要目标够明确，什么都会得到的。"

女生在话筒被收回去前，喊出一句："所有的……都包括吗？"

边上都是虎视眈眈的老师们，她能喊出这句也算鼓足了勇气。

黎想听明白她暗含的意思，弯唇，给了肯定的回答："嗯，我都得到过了。"

……

下了台，林慕朝她竖起两个大拇指："黎想女王，掌控全场！你居然敢当着你'前夫哥'的面这么讲，不愧是黎大胆！"

黎想无奈："他又不知道我以前喜欢过他。"

林慕表情僵了："啥？"

"我没和他说过啊。"黎想回忆了几秒，确认道，"是没说过。分手那天，我才知道他居然以为我和何宝珠是亲姐妹……不提也罢。"

林慕心虚地想起去年婚宴上的事儿，自己这大嘴巴好像把什么都给薄浮林说了……她瞥了眼好友坦然的表情，又朝后面坐着的男人看过去，果然对上了一双晦涩难懂的眼。

林慕轻轻扇了扇自己的嘴。

全让她搞砸了！

校园一日游结束后，曾经身兼班长职位的段明昭在酒楼订了座，大家吃完又一块儿去 KTV 开了个包厢。

按道理酒过三巡，就该谈谈过往。

有些陈年旧事都在酒后挑明，吵架、打架后的握手言和，不为人知的地下情侣和青涩时光。

副班长率先朝如今极为亮眼的黎想问道："哎，黎想，我能不能好奇问问你今天在台上说的那事是真的还是假的？"

"是啊，没想过你也会单恋谁！"

"讲讲呗，我们刚才可都说了……"

黎想把杯酒放回桌上，犹豫了会儿："其实也没什么，就以前喜欢竞赛班的一个……学长，只要他们补课结束后是下雨天，我就会装成是隔壁班没带伞的同学，拿本书坐在他后面的空位上一起等雨停。"

"那学长不知道？"

"不知道。"她囫囵带过，"别问我名字啊，好尴尬。"

众人也都识趣，没追根究底，但不免发出唏嘘声，对她的遗憾表达安慰。

黎想笑了笑："不过是场独角戏，而且都过去很久了，谁还在乎十几岁的一场雨啊。"

包厢里，难得沉默了一整晚的薄浮林喝得大醉，听见她的话，有些事情连在一起，只觉得此刻豁然贯通。

喜欢的"学长"，坐在位子上陪着一起等雨停。

薄浮林抬头，微微皱眉看向她："不是二十六场雨吗？"

黎想听见他这句话，笑容止住，重新拿回手上的酒杯猝不及防地一抖，泼湿了自己半身。

4

薄浮林一开口，包厢里这群老同学都看过去。段明昭很有眼力地拍了下他的肩膀，傻笑着周旋："阿林喝多了……"

"薄公子今天是怎么了？喝闷酒。"有人戏谑，"走高冷男神路线了啊！"

一群人的焦点放回到他身上，你一句我一句，顺势有人要了他电话号码，说着以后常联系的恭维话。

而黎想已经趁机起身，去往洗手间清理衣服上的酒液。

她觉得自己大概喝得也有点多，用纸巾按在被浸湿的上衣前襟，脑子里乱糟糟的。

那张旧桌子上的秘密，就连林慕都不清楚。

二十六场雨，薄浮林是怎么知道的？

他到底还知道什么……黎想突然想起了自己今天在演讲后说的那些话，脑袋都要炸了，头疼地捂住脸。

喧嚣的 K 歌房传来鬼哭狼嚎，走廊处却没一个人，只有五彩缤纷的镭射灯扫来扫去，旁边的房间里有道女声撕心裂肺地唱着首老歌。

做不成好朋友，做爱的对手。

我俩个接吻过也算享受。

女生大概刚失恋，音调乱跑。

黎想待在安静的洗手间里心不在焉地听了会儿，刚走出来，就看见走廊处的薄浮林。

他半倚着墙，微微低着眼睑，西装后衣领下露出了一截白皙脖颈，侧脸被昏暗灯光照得朦胧，冷峻五官落在半明半暗中。

因为喝了太多酒，男人抬眼看过来的那一瞬间，那双桃花眼眸里多了几分潋滟慵懒的勾人感。

黎想微微愣神，站在那儿一动不动，看着他慢慢走近。

薄浮林手插兜，低眼细瞧她的表情："要躲开吗？"

她今天一直在回避他的视线，甚至克制着没有往他脸上多看一眼。

黎想实在不知道要怎么处理和前男友的重逢，她迟疑了会儿，抬起脸："除了那二十六场雨……你还知道什么？"

薄浮林喉结轻滚："应该都知道了。"

黎想眉心蹙紧，侧过身要离开，却被他拉着手腕抵在墙上。她忍不住轻呼："薄浮林！"

"嗯，你叫我了。"他慢慢将额头和她发顶相碰，贪恋地蹭了一下，"那跟我说说话吧。"

他一身全是酒气，黎想恼怒地踢他小腿。他不为所动，只是将攥着她手腕的手收得更紧。

"我要说什么？"她有种秘密被揭穿后的恼羞成怒，"就算你知道又怎么样？那是以前！你少拿旧事当筹码，少高高在上地跟我说话。"

薄浮林退开了些，乌黑的眸里有几分琢磨不透的深邃："我哪里高高在上了？"

黎想别开眼，冷淡道："我们分手了，你现在在对我做什么？"

"你有跟我分手过吗？"薄浮林眼皮耷拉，"你只是走了。"

黎想觉得可笑："麻烦你别告诉我你对我还有感情。如果你觉得被分手很不甘心，那你完全可以当成是你甩了我。"

他低喃：“我不是不甘心，我很想你。”

“薄浮林，你从来不信有人能毫无指望地迷恋你这么多年吧。”黎想咬着牙关，一点点剖白过往。

“我知道你所有兴趣爱好，是因为我曾经像个变态一样关注你的社交账号，在共同好友的动态里，找到丁点跟你有关的蛛丝马迹都欣喜若狂……

“你现在表现出的怅然若失是不是来得太晚了？你觉得非我不可是因为你根本找不到比我更用心的人了吧。”

她自己也清楚，她花费在他身上的时间超过所有人。

薄浮林安静地听着她指责，片刻后缓声开口：“我想追你。”

黎想怔怔地看着他，男人英气的面容和十七岁的耀眼少年慢慢重叠在一起，很荒谬。

这样低声下气的他，不是她所熟悉的薄浮林。

“这一年多我不敢打你的电话，不敢打扰你，去纽约都不敢出现在你面前。”他拧着眉，面色纠结地问，“黎想，你见过更好的人了吗？”

黎想情绪稍稍收敛，对他这样的真心话反倒不知所措：“你去过纽约？”

“很多次。”

“你……”她想起些不确定的事，“上次我拿奖，在回家的前一个街区收到一大捧玫瑰花。”

薄浮林坦诚相待：“是我。”

“我同事给我过生日那天，莫名其妙全餐厅免单——”

"也是我。"

他清楚她的住址，也清楚她的动态。

黎想感到好气又有几分莫名的好笑："你在模仿怎么暗恋人吗？很辛苦吧？"

他摇头："并没有，相反，我有种愉悦感。"

因为喜欢，远远看见她笑，他也会发自内心地开心。

薄浮林轻声补充："如果你以前因为喜欢我感到辛苦，那我向你道歉。"

平心而论，她以前"辛苦"吗？黎想从来不这样觉得。或者严谨点说，快乐更多些。

向他靠近的每一步都让她快乐。

书里写："爱不是安慰物，而是头骨里的一枚钉子。"

她在往前走的时候时刻被那枚钉子带来的隐隐疼痛提醒着，却从没想过要拔出这枚钉子。

因为，她享受爱他时泥沙俱下的过程。

高悬天际的月亮在她放手之后，又朝她奔来。黎想不知道怎么形容这一刻的心情，只是眼眶微湿。

她想离开这个令自己情绪反复的地方。

她吸吸鼻子，放弃交流："我想回去了。"

薄浮林松开桎梏她的手，把自己的西装外套披在她身上，提醒了一声："衣服太透。"

黎想下意识地低头，看清身上的 T 恤因为被酒液浸湿而印出胸口的肌肤，脸陡然烧了起来，裹紧他的外套，恼怒："怎么现在才说！"

薄浮林无耻得坦荡荡，漫不经心地道："被我看有什么关系。"

……

当晚，"负荆请罪"的林慕表示周末一定请黎想大吃一顿，才获得了上床留宿的资格。

黎想现在住在自己名下的小公寓，八十平方米不到，两室一厅，厨卫、阳台一应俱全，一个人住绰绰有余。

一线城市的房价贵到惊人，她不想背房债，于是全款买下，把当初父亲给她存的钱、赔偿金加上她毕业以来存的工资花得七七八八。

不过买了房，有一辆代步车，工作也稳定，她也就没什么压力。

阳台那儿放着两张小椅子，中间隔着个矮茶儿。黎想将烤好的可露丽和贝果端过来，在两个杯子里倒了果汁，"叮当"一声，举杯相碰。

林慕感慨万千："舒服！"

黎想笑了笑，抬头看天："城市污染真严重，看不到星星。"

"你还有心思看星星。"林慕推了推她，"问问你怎么想的。分手一年多也没开展一段新恋情，是不是还忘不了薄浮林那小子？"

一晚上接收的消息太多，黎想也有些迷茫："我不知道，也许我还在'回血期'吧……"

她曾经是靠回忆就能喜欢他很多年的犟种。

薄浮林占据她青春的时限太长，而她爱一个人总是毫无保留用尽最大的力气，她有些累了。

那晚过后，黎想好几天都有点恍惚，她有些好奇薄浮林说的追她到底是什么意思，又有些抗拒吃回头草这一行为。

但后来一直没见他出现在自己面前，她也佛系地不再去为此心烦。

直到周三开会时，上司把一份新项目标书交到了她手上。

这是公区大项目的一份投标，市里已经指定交给勘测设计院，做的是国家级人工智能产业基地，规模对标京市著名的中关村。

"准备一下，半小时后和甲方那边视频连线。"

黎想按了按笔，将标书细节圈画出来，一丝不苟地附上问题备注。翻到扉页处，上面写着业主：九州科技。

往下看是甲方名称：薄兆投资发展股份有限公司。

薄兆投资建的工业园……真巧啊。

黎想盯着那行字须臾，挪开视线。怕什么，她是和他公司投资部的人商洽，又不是和他。

视频会议开始后，几方人坐在电脑前先彼此问好。

九州科技这边的人已经明确要求："既要留有 BIPV（光伏建筑一体化）和机器人结合的空间，也必须要有工业园展览区和人工智能研发区。"

黎想问："工作区需要另作其他用途吗？"

"可以的话，我方希望这个场地也能接待贵宾，最好能穿插机器人的工作路径。"

"好的，我们这边还需要对贵公司的机器人性能有一些了解。"黎想指着标书上一处地方，协商道，"为了体现人机交互体的未来感和科技感，推荐在体验区用铝板、混凝土和玻璃墙材料。"

九州科技的人点头，补了句："流线上，我们还是希望采用常规的工业微笑曲线。"

"建安费要多少？"

一道低沉的男声插进来。

黎想愕然抬头，刚才代表薄兆出面参加会议的女生不见了，出现在镜头里的人变成了薄浮林。

每次朝甲方要钱的时候都有些紧张，今天尤甚。黎想愣了几秒："第一期的建安费预计在……二十……二十三亿左右。"

薄浮林翻了翻办公桌上那份方案，缓声道："包括空间基地？"

黎想定了定神："是，考虑到交互空间和可视化空间，还有天车工作区的潜望镜虚拟场景也包括在内。"

他略点头，轻抬下巴示意他们继续。

九州科技的人又补充了些细节上的要求，会议开了两个半小时，薄浮林在半个小时后离开，让人继续跟进。

一周后，这个项目的招投标结束，正式开工。

基地离市区远，黎想作为主创工程师，早早和一帮同事搬进了这边订下的长期酒店里。

开工第一天，大家刚吃完午饭，姜晶垂头丧气地抱怨："苏总监怎么总这样？"

黎想回头："怎么了？"

"我找他报销组里人的午饭，一千五百二十六块，他转我一千五！"二十六块钱说多不多，一直揪着也没意思，但总归有些不舒服。

"你下次这样报，一千五百六十六，一千五百八十八，你看他会不会抹这个零头。"黎想笑了笑，给小实习生支招。

姜晶半信半疑："有用吗？"

"反正他也不会找你要发票。"

边上一同事听完，竖起大拇指："还是黎想懂。苏总监是潮汕人，特别迷信这种数字意头！"

黎想虚心地接受夸奖，又问："对了，薄兆那边的代理方来了吗？"

"早到了。"

午休快结束前，黎想的房间门被敲响。

她拿好干洗过的西装放进一个袋子里，拖了这么多天没给是因为一直没找到机会，这次交给薄浮林公司的人带过去给他也一样。

"来了。"

她拉开门，看见的却不是甲方同事，而是不知道什么时候来这儿的薄浮林。男人个高，把门都显得逼仄不少。

他已经把厚颜无耻练得心应手，倒打一耙："你找我？"

"我……我找的是小方。"她不解，"你怎么会在这儿？"

薄浮林低眼看她，并没打算解释。

黎想鬼使神差地想起他之前说的话，眼睫动了动："这里离市里挺远的，你没必要跑过来。"

他懒懒地"嗯"了声，才一板一眼地澄清："九州科技那位高层跟我一起来的，说要视察场地。"

也就是说，他是为了工作来的。她刚才那句话简直是自取其辱！

黎想察觉到被他故意耍了，面无表情地问："薄浮林，你见过你不被欢迎的样子吗？"

"没有。"

她说："那多看看我现在的表情。"

他没忍住笑："好。"

5

这人说句话简直能把她噎死。黎想嘴角微动，懒得多说，把手里准备好的袋子递给他："外套还给你。"

薄浮林接过东西后并没动，倚在门口看她："现在去巡查？"

她点头，回屋拿上安全帽和工本文件，不解地望着他："你还站在这里做什么？"

"一起过去吧，九州工程师也要去会议室。"他让开点位置，又递给她一份文件，"小方让我交给你们的体检报告。你抽空着重看一下第三张油漆区的那个工人。"

离开工还有个十来分钟，大家习惯性踩点，因而酒店到工地这一段路上都没几个人。

他们并肩慢慢往前走，虽然是合作方关系，但黎想总会想到以前的事，有些尴尬和不自在。

薄浮林倒像个没事人似的，如常和她闲聊："前些天没找你是家里出了点事儿。薄千饮离家出走了，回来闹了很久。"

黎想本来想说他找不找自己和她有什么关系，但提到薄千饮那个妹妹，她又有几分好奇："为什么？"

"她从我爸妈那儿听说了一些事，发现她不是我妈生的，是我姐生的。"

黎想愣在原地："啊？"

薄浮林被她呆滞的反应逗乐，带着她往前走。

他很少跟人提起比自己大九岁的亲姐，薄珈。

薄珈很早就去了温哥华留学，成绩好，人又乖，一直是亲友中的杰出榜样。不出意外，长大后她一定是接管薄兆的继承人。

她优秀得太彻底，因而薄浮林才可以选择自己喜欢的专业，不用考虑后路。

但就是这样万里挑一的女孩，却和一个混血华裔未婚先育，还染上了药瘾，变得人不人鬼不鬼。

薄家不能有丑闻，于是便对外宣称那个女儿是薄母生的。

"这个是我姐的生日。"薄浮林拽起袖子露出手臂，给黎想看那串数字，"之前几次看你提，但又没问。"

黎想低着眸不知道该说什么，她曾经以为"0923"是他某位白月光的生日，出于避嫌意识，她从来没敢问过。

她不知所措："这种事，是可以和外人说的吗？"

薄浮林慢条斯理道："我说过了，你不算外人。"

黎想耳根微微发热，扯回话题："那你姐姐她……"

"去世了。"他声音低下来，"没来得及抢救。"

姐姐去世后，薄母有一段时间飞来美国陪读，实则是担心唯一的儿子，对他严加控制和看管。

他也就是那时候从建筑系转到了商科。

黎想心情难免沉重。

她自诩最了解薄浮林，却从来不清楚他这段往事。

"你对我也不公平。"薄浮林站定，问她，"你喜欢的到底是我，还是你想成为的'自己'？"

黎想一时间大脑空白。她不得不承认自己确实欣赏他的出色，也在努力朝他这样的人靠拢。

可她在分手时，却用以前的他否定了现在的他。

她眼睑轻颤，直言道："我和你之间本来就更像是'你我本无缘，全靠我勉强'。"

他点头："确实是你制造了羁绊，后果却由我承担。"

她瞪眼，不确定地问："你是在道德绑架我吗？"

薄浮林轻轻笑出来："我在向你道歉，也在向你表白。我不想让你失望，也不想让年少的你觉得选错了人。"

"九州科技那个高层江先生是不是长得过于好看了？要不是结婚了，我真想和他谈恋爱！"

"薄兆的那位不也一样吗？上次视频会议我都差点以为是什么男明星入镜了！今天近看更晕了，真是无可挑剔的一张脸！"

"这两个出现在工地也太格格不入了，我宁愿他们都是秃头大肚腩。"

一男同事哀号："本来咱这儿的女孩就不多，他俩一来，更没人看我们了。"

巡查过程中，一群同事叽叽喳喳地讨论合作方的高层。得亏没有其他人跟着，否则都会嫌弃一群建筑师私下竟然是这副德行。

"黎工，你怎么不说话，你喜欢哪种类型？"

黎想无辜的样子："他俩有什么不一样吗？"

"客观来看都是多金的英年才俊，但气质不同啊。"姜晶还真选上了，"我更喜欢薄总，笑起来如沐春风！他比那个工程师要温柔很多。"

有吗？

黎想不觉得。

九州那位工程师看上去就是我行我素成习惯，没有利益冲突，就根本不在乎和下属的关系。

而薄浮林，说他温柔，不如说他一直是个人精。对社会规则了如指掌，轻而易举就能收买人心。

走到最后一个吊塔区域，他们一群建筑师和对面工程集团戴着红色安全帽的管理层迎面撞上。

为首的姚于姣看着黎想，意味不明地笑了一声。

市里有资格承包大型工程的建设集团就那几家，当初竞投标时，黎想就知道姚中也入选了。只是今非昔比，即使是冤家路窄，她们也是公平又各不相关地各司其职。

身后几个同事不知道她们认识，友善地和对面打了招呼。

黎想径直看向样板墙的刷漆工人，问："这个色号不对啊，为什么不一样？"

工人看了一眼她，讪讪道："买的油漆就是这样的，要试颜色得明天再弄了。"

黎想看了眼外面："现在来得及。太阳还大着，温度可参考。"

工人一副老师傅的语气："快吃晚饭了，我干这个都多少年了！真干不了。"

边上的姚于姣见状，放软语气，凑过去撒娇道："大哥，你就试试吧……色号要是错了，会耽误后面进程的。现在试出来了，我们正好去采购——"

工人态度颇有动摇，下一秒却见黎想直接撸起袖子，提着边上那桶油漆直接上手，一块刷好的样板被她蛮力拖出去，放到太阳底下。

"说了难干。"工人瞥了她一眼，咕哝道。

几方人在那儿僵持地等了近十分钟。

黎想将原始板拖出去，放在一起对比一下："您过来看一下，这个色是对的。不要省工夫用一个刷子，色调会被影响。"

那工头被身旁的工友拉着，不情不愿地走出去看："你才做一块板子当然轻松，我们几万块板子都要这么刷，得花多少工夫。"

黎想倒不在意他的嘲讽，看了眼他帽子上的名字，又看向他身旁的姚于姣，笑着说："那就交给姚总监多费心了。外层色调有这么大误差的话，我们这边不会验收。"

姚于姣冷呵了一声。

不到两年，她还真变成有模有样的黎工了。

巡查后的例行会议，黎想让助理去把刚才那个工人开除。

果不其然，这个指令下达还没多久，姚于姣就杀气腾腾地冲上了她的办公室。

"什么意思？那工人不就是顶撞了你一句话吗？"姚于姣拍桌，"你怎么能这么小肚鸡肠！就这么针对我？"

黎想好整以暇地看着她："我为什么要针对你？"

"你还记恨前年佘山那个项目呗。"姚于姣嗤道，"我就不明白了，你早说你是薄浮林女朋友不就得了吗？他后来为了你都把项目合作取消了，宁愿倒赔钱都要把我赶出去！你还嫌不够？"

这事黎想倒真是第一次听说，她后面没管这些事儿了，也不在意。不过她还是有些诧异，薄浮林这个人，聪明绝顶，是从不做亏本买卖的。

姚于姣见她不声不响，又冷笑："你不会是想杀鸡儆猴，把看你不爽的工人踢出去吧？工友们背地里对你这位建筑师的评价可不怎么样。"

"工地管理不靠裙带关系，靠秩序。"黎想不想再听她的胡言乱语，从抽屉里拿出一份体检报告，"你猜我开除那个工人，他为什么乖乖走了？你倒闲得跑过来替人申冤。"

她说完，就起身出去。

留下姚于姣站在那儿，看着薄兆那边送过来的这份标红体检单。

油漆工：焦强。

HIV 抗体那一栏，显示：阳性。

姚于姣脸色忽变，那工人居然有艾滋病。

其实艾滋病不能成为开除一个工人的理由，但焦强染病显然是因为常去外面找"小姐"。而且工地有大片工人宿舍，开工之前，焦强就已经被多次投诉偷看女厕所和淋浴间。

他德行不端，黎想也只是顺势让他离开。

体检结果不能广而告之，但内部人员都心知肚明。莫名其妙被姚于姣以小人之心揣度，黎想没来由地冒出一股火气。

正好快到晚饭时间，办公室一群人要去大门口送九州和来视察的那两位"大佛"。黎想大概是真气得不轻，走得特别快，把一群同事远远甩在身后。

九州科技的代表团已经提前离开，就剩薄兆这边，还有辆商务SUV正停在大门前。

车门打开，薄浮林刚好下来，看着黎想板着一张脸一个劲往前撑，意外地问了句："你想干什么？"

黎想火气正旺："我想打人！"

"不好意思，我没听清？"话虽然这么说，他却笑脸一收，下意识往后退开两步。

黎想不满地看着他这动作。

薄浮林忽而又笑了："你想怎么打我？法治社会，别脏了自己的手。"

黎想理智瞬间回笼，不搭理他这不着调的话，轻咳了一声："怎么就只有你，九州那边的人呢？"

"早走了。"薄浮林皱眉看着她，招招手，"凑过来，我摸摸。"

身后还有一群同事要往这边走过来，她翻了个白眼："耍什么流氓？"

薄浮林上手拉近她，温热指腹搭在她额头上，扫开她半遮的碎发，仔细打量了几眼："你没有感觉吗？"

黎想发觉他不是在开玩笑，愣了愣："什么意思啊？"

"她好像起疹子了。"薄浮林朝她后面那群同事喊了一声，做了个手势，"先别过来。"

一群人面面相觑："黎工起疹子了？会不会传染啊？"

"我们先别往那儿靠过去……"

"我身体好！我不怕！我来照顾黎工！"一位男同事举了手。

薄浮林看他一眼，忽略掉，思忖了两秒："行，那只能我留下来了。"

黎想站在他旁边，哑口无言地看着手臂上也开始起红点。也不知道这会不会传染……刚才和她密切接触过的人可能都得做检查了。

薄浮林那意思显然是要留下来照顾人。

一伙人互相瞄，使眼色。

有人大喊一声："薄总，您和我们黎工什么关系啊？"

黎想："老同学。"

薄浮林："前女友。"

两个人几乎是秒答，答案却截然不同。

一片沉默中，伴随几声看热闹的咳嗽和憋笑声。

黎想脸一发热，后知后觉地反应上头，忍不住抓了抓脸颊和额头上的红点点。

薄浮林拉住她的手，若无其事地对他们补充："现在是她的追求者。"

Chapter 8
等雨停

陪你等过二十六场雨，也等来了二十六岁的你。

1

工地这边的酒店偏僻，平时没多少人。薄浮林给黎想换了顶楼套房，两个卧室中间只隔着一个宽敞的客厅。

"其实你不用陪我……"

黎想看他收拾她的行李箱，莫名想起之前在香港那会儿的事情。她若无其事地收回视线，晃了晃手机："我查了，只要吃药正常排毒就能自愈。"

薄浮林停下手，恍若未闻，懒洋洋地瞥了她一眼："你的脸很红，烧起来了？"

他不经意就把话拉开，黎想闻言脸色一红，立刻跑向卫生间，看着镜子里自己那张不忍直视的脸。

何止是红，疹子已经越长越多。

"洗手台上有温度计，量一下体温。"男人的声音悠悠从房间里传进来。

顶着这张密集恐惧症都要退避三舍的脸，她有点不想出去面对薄浮林了……

良久，薄浮林终于意识到浴室里过分安静，他敲了敲门："出来喝药。"

黎想闷闷道："唔——你放在那儿吧，我待会儿会出来喝的。"

"待会儿是什么时候？"

"你进你房间的时候。"她不情不愿地回答。

薄浮林听出她的意思，忍不住笑，拧开门，就看见坐在洗手台上正捂着脸的人。

他走上前，掰开她的手："出疹子而已，别捂着伤口，是不是挠破了？"

被他心无旁骛地观察，距离还这么近，黎想心乱如麻。面对自己此刻的窘状，她甚至不知道从何怪起。

不过这也是她第一次发现，当薄浮林掌握主动权时，原来让人这么难招架。

她去到客厅乖乖喝药，顺势打开电脑想远程办公。

薄浮林也在阳台处理工作，一回头，看见黎想正在无意识地挠脸，脸上的红疹被抓破后有些触目惊心。

他立在门口，眼睫垂着，漫不经心的语调里带着几分威胁的意味："要把你绑起来吗？"

黎想呆呆地抬眼看他，像个上课开小差被老师发现的好学生，条件反射地把干了坏事的手背在身后。

薄浮林被她这下意识的动作可爱到，冷峻的表情霎时有些绷不住。

他走过来半蹲在沙发前，合上她的电脑，看了眼五分钟前量的温度计："先别管工作了。烧还没退，去睡一觉。"

黎想被他拉着起身，脑袋有点晕："可是我还没洗澡。"

"醒来了再洗，今晚肯定会闷出汗。"薄浮林很有经验地给她掀开被子，示意她上去，"洗完我给你擦药。"

她真烧得有些迷糊了，断断续续地说："早上我想吃煎饼小子。"

薄浮林应了声，随即后知后觉地回头："啊？煎饼小子？"

"不要学我说话，小羊玛丽。"黎想不满地看着他，躺在被子里纠正，骂他，"克隆羊玛丽，不对，是克隆羊多莉。"

薄浮林哭笑不得，点头："好。我就在客厅，睡醒了喊我。"

黎想身体素质其实一直不错，几年来没发过烧生过病，但这次疹子起势汹汹，半夜时分，她烧得更厉害，薄浮林忙喊来医生给她挂盐水。

好在不算太严重，只要好生休养一周就能痊愈。

医生向薄浮林交代了忌口的东西，又开了止痒水、退烧药和涂抹祛疤的一些药膏便离开了。

已经快凌晨，沐浴过后的薄浮林喝了一杯半的浓咖啡，坐在床边椅子上用电脑办公，也顺便看着她打点滴。

黎想的手机"叮咚"响了好几声，有新消息进来。

怕把她吵醒，薄浮林从桌上拿过手机，正要关静音时却看见了屏幕上的消息。

赵响白：陪我妈到阿姆斯特丹玩，看见了你喜欢的那个女诗人的诗集原版。

赵响白：给你买了啊！等我回国了，你自己来我这里拿。

赵响白：你响哥带货的人肉运费昂贵，你这次至少要请我吃两顿饭！还有，记得给"what"洗澡。

语言真是个奇妙的东西，字里行间都能看出他们的亲昵。

薄浮林正要忽略这个男人的消息时，某乎上的静音提醒又亮了一下，显示有人点赞了她的某条回答。

他看了眼还在沉睡中的黎想，本想直接划掉，却误触点开，看见她一年前更新的那篇问答。

最新更新是——

下阵雨：分手啦。我不再做自我感动的无用功，现在用的这个ID是心血来潮乱取的。后来我在想，他或许只是我人生里下的一场阵雨。阵雨啊，总是下过一阵就会停。我该往前看了，雨天这么多，我期待会令我怦然心动的下一阵雨。

原来她之前的ID"我吃过饭了"是这个意思。

薄浮林揉了揉酸乏的眼皮，突然发现自己上次和黎想说"都知道了"这句话并不成立。

他再怎么努力去探究从前，也无法补全那些自己没注意过却被她珍藏了的瞬间。

床上的女孩嘤咛地发出梦呓，他看了眼吊瓶，盐水恰好滴完，他起身拿了一根棉签给黎想拔针。

黎想正好睁开眼，一身汗黏黏的，她有些迷糊地坐起来："我想洗澡。"

"嗯。"薄浮林把床头柜的水杯递给她，"我去给你放水。"

他出来的时候，黎想正抱着衣服要进去。看见他眼下的淡淡乌青，她有些不好意思地挠挠头："你去睡觉吧，麻烦你了。"

薄浮林摸了下她的额头，烧退了。

他点点头："洗好了喊我，擦完药就睡。"

差不多半个小时后，在客厅听不见动静了，薄浮林敲了敲黎想的房门，才发现那头湿发才吹一半，她就像只软体动物般趴在床上又倒下了。

晚上喝的药太多，她有些昏沉嗜睡，穿着长衣长裤，头发乱糟糟的，脸正朝下埋在枕头里。

他拿着药膏走过去，帮她把头发吹干。

黎想被吵醒，迷迷瞪瞪地感觉到薄浮林在给她梳头发，手法轻柔，紧接着凉凉的药膏抹了上来，一些话不过脑子地脱口而出："你好像我爸爸。"

薄浮林愣了一下，不客气地屈指敲她脑袋："睡傻了吧，我不是你老同学吗？"

被她用她自己说过的话来堵，黎想鼓了鼓腮帮子，也堵回去："我不是你前女友吗？谁会和前女友这样。"

薄浮林从善如流："反正我就这么一个前女友，你管我呢。"

她愣了愣，脑子没转过来。

安静了一会儿，薄浮林又问："赵响白是谁？你在纽约交过的男朋友？"

黎想纳闷，回头："你看我手机了？"

薄浮林没否认，合上药膏。人躺到了她床的另一边，声音低得像自言自语："'what'又是什么？宠物吗？狗？还是猫？"

她如实道："猫。"

他沉默了几秒，轻声应："哦。"

因为自己不养猫，所以她和别人一起养了一只猫。

黎想趴在床上，柔顺的发丝顺着脸垂落。她撑着脑袋看他棱角分明的下颌，总觉得这一刻的场景有些荒谬。

她小声打断他的沉思："你不回你房间吗？"

"再聊会儿。"薄浮林手抵着额头，挡着房间的灯，"他对你好不好？林慕说你谈恋爱谈得很开心。"

黎想慢慢反应过来他误会了什么。

为了硌硬他，林慕真是什么都编得出来……她当时在纽约哪有机会约会？办公室里都成双成对，剩下来的全是歪瓜裂枣。

她看着他的表情，反问："你说的是哪个他？"

薄浮林皱着眉，看过来："不止一个？"

黎想正儿八经地点头："谈了有四五个吧，有两个语言不通，分了。另外两个和我隔太远了，都住皇后区和长岛那儿去了，不合适，就分了。"

傻子都能听出来她在胡说八道，还四五个。

不说她能不能应付得过来，薄浮林去找过她几次，也没看过她身边有关系亲密的男人跟着。

薄浮林不想被她敷衍，轻掐她的脸："重新说。"

黎想张嘴咬他。

他长指顺势抵住她的唇，撑着肘靠近："属狗的吗？"

两人距离拉近，男人身后逆着光，高大的身影将她笼罩，气氛变得有些微妙暧昧。

黎想眨了下眼睫，拍开他的手："赵响白是我朋友，'what'是我们第一次见面救的那只猫。"

薄浮林却不在意这个答案了，他低眸望着她，扫开她额头的碎发："我很困了。"

她胸口微微起伏："什、什么意思？"

"晚安。"他伸手过来关了房间的灯。

黎想瞬间凝滞住，戳了戳横亘在自己身上的那条手臂："你要在这里睡？"

"我暂时没别的想法，但你把我闹清醒了的话，"薄浮林替她拉上被子，闭着眼道，"难说。"

彼此的气息沉静下来。

隔了会儿，黎想又小声开口："你睡了吗？我想再问你一个问题。"

他侧身过来，鼻音里哼出一句："你问。"

"姚于姣说你之前把她从佘山项目里踢出去了。"她咬了咬唇，"那薄兆的损失怎么办？"

薄浮林伸手寻过来，拉住她尾指，有些孩子气地丢出一句："随便他们，反正我损失得够多了。"

他是真累了，入睡很快，两分钟不到呼吸就变得匀速缓慢。

黎想在黑暗里无声地看着搭在自己手心的另一只手，想了想，没挪开。

她不是这么没良心的人，还是不吵醒他了。

2

这三天，黎想一直在反复发烧发热，喉咙痛到恨不得泡在绿豆汤里，好不容易才等来疹子消退，体温也总算稳定下来。

其间她看见薄浮林好几个晚上没睡好，熬着夜要照顾自己还要处理工作。

一大早，黎想终于把他劝走。

毕竟她现在完全可以自理了，再说，她也担心他耽误要紧事。

午休过后，工地的管理层在会议室里开着视频，一群同事对着黎想嘘寒问暖："哇，黎工你这脸……你也有今天啊！"

"去你的！会不会聊天？这不是快好了吗！"

几个女同事搋着发出这句感叹的男人"暴打"了一顿，气氛和睦："好好擦药，别给弄破相了！黎工你什么时候能回来？"

"想你了，你一告病，大家都没心思上班了。"

"你是想我顶班巡查吧。"黎想笑着揭穿她们，看了眼日期，"我后天回来吧，过了一周应该没事了。"

一办公室的人在插科打诨中交代完工作进程，又说了几句让她好好休息的场面话。

电话挂断，黎想才听见外面的喧闹声。

客厅茶几的电话霎时响起，是酒店前台打来的。

前台女生的声音尖厉慌张："黎、黎小姐！您下面这间行政房失火了，顶楼的套房暂时只有您一位房客……灭火器放置在玄关角落处，请不要使用电梯下——"

火警警报与此同时响彻天花板，刺耳又急促。

电话线被突然掐断，似乎是火势渐大，有些控制不住了，黎想闻到了从阳台那儿飘进来的似有若无的浓烟味。

她去洗手间里弄湿了毛巾捂住口鼻，上前打开房门，但空气形成对流，火已经烧了上来！套房的走廊里铺着长绒毯，此时却成了引燃物，呛鼻的浓烟滚滚，温度越来越高，视线也被熊熊燃烧的火光糊住，她根本看不清前方的路和安全通道的门。

放在口袋里的手机也在响，只是她听不见。

黎想想要关上门，但手却不受控制地在抖，比起这些生理上无法忽视的痛苦，她脑子里有一些尘封的画面一直在盘旋。

突发！安清市消防官微消息，新区消防救援大队五月三十一日通报，何氏旗下一施工酒店发生火灾，深夜二十二点，现场扑救结束。

受伤人员第一时间被送往医院救治，火灾原因正在调查中。

已知此次事故致一人死亡、七人受伤。死者为该酒店工程的总建筑师……

耳边有可怕的爆破声，是楼下的玻璃门窗因高温炸裂了。

黎想的眼泪一直在往下淌，她捂着痉挛抽痛的胸口，不得已半蹲下，却看见火光里一阵白色气体喷发。

她隐约辨认出薄浮林的身影，他正拿着灭火器向她这边过来。

她忍着心口莫名的疼痛，吃力地朝他大喊制止："不要！别靠火这么近——"

走廊上掉落几幅壁画，他人已经到她跟前，丢开用空的灭火器，抱着她起身进屋。

火势不可当地朝他们扑过来。

沉重的红木门霎时关紧，暂时阻隔了火苗的蔓延。

因为是楼下先烧起来，阳台那儿的烟气反倒最重，不能往那边走。

薄浮林只好把她带进自己住的那间窗口朝向北边的房间，门关紧时，他们听见了外头消防车动水的声音。

外面动静越来越大。

过了不到十分钟，他们的门被打开，几个消防人员戴着面具冲进来。

为首的那位还握着走廊处消防栓的抽水皮管，问："火已经灭了。只有你们在吗？"

薄浮林点头，从人群缝隙里看见屋外烧了一半的大门，松了口气，拍拍怀里黎想的背，拉着她起来。

几位消防员送他们下楼，去救护车处做检查。

正好是午后，酒店入住的人不多，倒没造成人员伤亡。远观外部，顶楼那几层烧得最严重，墙壁全变成黑色。

有人给他们递来了两瓶水，关心地问："你女朋友没事吧？怎么一直不抬头？"

薄浮林低眸，把人抱紧了些："没事，她吓到了。"

"火势最主要还是在楼下，你们那层算好的，只有走廊烧起来了，好在房间里都配了灭火器。"

等消防员的问访询查结束，薄浮林带黎想上了自己的车后座。

他赶回来的那一刻看见着火，第一时间想的就是冲上楼找黎想。

他迟迟无法忘记黎想父亲是怎么去世的，也因此，他能理解她此刻的失态。

薄浮林语气极其温和，唇贴在她耳边："没别人了，饿不饿？"

埋在他胸口的人总算动了一下，却是在抽泣。

衬衫前襟逐渐染上温热的湿意，薄浮林微微叹气，顺着她后背安抚地摸了摸。

"我学过好多次灭火器怎么用……"黎想带着哭腔，终于开口，"但我刚刚就是动不了，我不知道为什么我动不了。"

年少的阴影在此刻重现，她哭得哽咽又委屈。

"没事了，没关系。"薄浮林下巴抵着她发顶，摩挲了一下。

黎想蓦地又抬手打他手臂，生气地说："不要冲到火里来！我都喊你了，你听不到是不是？"

他唇角轻弯一下，"嗯"了一声："听到了。"

……

时间过得很快，安清市的夏天也在工程推进中渐渐进入尾声。

薄浮林依然时不时会来视察工程进度，组里那些同事已经习惯了他，默认了这位"追求者"的瓜田李下。

黎想的态度却一直模棱两可，当初她本来就没有抱着能长久的心态和他在一起，不考虑未来，她反倒自在。

但在冥冥之中，她也清楚薄浮林这次没有在和她开玩笑。

他甚至一点也不着急，让她好好享受被他追的时光。

两个工期过去，一晃到了十一月。今年的初雪来得早，早上飘飘悠悠地下了一阵，到傍晚已经在地上积成厚厚一层。

黎想他们组的人今天下班早，去了山下一家韩式烤肉店聚餐。难得完成工业园里第一栋楼的封顶，大家都很兴奋。

薄浮林开车来接她时，她正好站在一棵树下和同事们告别。

她穿着件米白色大衣，踩着双靴子，雾霾蓝的围巾把那张脸遮了一大半，露出一双灵动的黑眸。因为喝过酒，鼻头和眼尾都微微泛红，从清纯中衬出几分艳色来。

边上有位年纪大点的女同事喝醉了，在捏她的脸。她也没什么脾气，笑眯眯的，像只好养活的乖猫咪。

看见街对面停下了一辆黑色的车，黎想招了招手。

薄浮林也没好奇她为什么不过来，朝她走过去："喝醉了？"

"没有啊。我千杯不倒！"黎想往后退开了些，又朝他勾勾手，"你再过来一点。"

他明明已经看清她眼里的促狭，却依旧配合走近："干什么？"

话落不过一秒，黎想喊了一声："Surprise（惊喜）！"

而后，她忽然大力拽住旁边的树枝猛地摇了下，枝叶上的雪顺势往下落。

她的恶作剧大笑声被闷在了男人的怀里，后知后觉自己没被雪砸着一星半点，全落在男人那件呢子大衣上了。

黑色衣料上铺着白色的雪粒子，更明显。

"想整我怎么不会用聪明点的办法？还把自己搭进去。"薄浮林手还搭着她的肩，低眸，笑得英气逼人。

黎想看着他的表情，微微怔住，抬手扫开他头发上的残雪。

他在她手下，低下了头。

曾经，黎想总是面临一道问答题：你是想要一个爱人，还是想要一个爱你的人？

"要一个爱我的爱人。"

黎想此时在心里默默回答了这个问题。

把时间浪费在犹豫不决的考验上是个得不偿失的决定，她想选择让自己开心。

"再陪我喝点吧！"黎想一副小酒鬼的样，眯着眼说，"刚才都没喝够。"

薄浮林挑眉："去哪儿喝？"

她把他带回了自己的公寓。

这是薄浮林第一次入侵她的私人领域，他毫不客气地转了转，站在阳台那儿看她从冰箱里拿出了一打啤酒，各种牌子的都有，茶几上还放着之前林慕过来没玩完的《大富翁》游戏牌。

他咳了一声："你真让我来陪酒的？"

"不然呢？"黎想仰起脸看他，有些兴奋地指指茶几对面，"明天周末，我不用上班。"

薄浮林："我要上班，老板可不放假。"

"你好惨哦。"她撑着脸，幸灾乐祸。

他失笑，索性坐过去陪她玩游戏，比起熟练的黎想，他输得有些惨不忍睹。

"你破产了！好好好！"黎想拍手，抿了口酒，头脑清晰地指着桌面，"你破产后还倒欠我二百四十五万。"

薄浮林手肘抵着膝，难以置信地看着她那边建起来的基站："我怎么可能破产？"

薄大公子的人生中就没听过这个词。

"你今晚人品太差，看来你是赔不起我了。"黎想得意扬扬地拿起边上的马克笔，示意道，"败者服输。"

薄浮林不明所以，看着她凑近却依然没动："这又是什么惩罚？"

"在你脸上写下胜利者的名字！"

她和林慕都是这样玩的，但当一笔一画的"想"字落在他左脸时，黎想看着有些出神。

她靠近时的酒气扑过来，薄浮林察觉到那支笔停下了。他伸手，拽了她手腕一把，女孩柔软的身体下一刻压在他身上。

黎想睫毛轻颤，跪在地上的腿有些发软。

薄浮林握着她纤细的腰肢，粗糙的指腹划过她后腰上那件打底长衫的边缘，对上她的视线："只想在脸上写你的名字吗？"

她顿住呼吸。

不是她不放弃，是他太让人着迷。

怪他故意勾引。

薄浮林偏偏不动，只是那眼神格外撩人心魄。他是故意的，他明明知道他对她有多大的吸引力。

黎想的口舌莫名有些干燥，心痒痒的。

她靠过去，轻轻碰了下他的薄唇，下一瞬间就被他反客为主，唇齿间的清冽酒香和津液混在一起，呡吻声在这个寂静的夜晚被放大几倍。

薄浮林细细描绘她的唇线，亲一下，又退开些，半勾半撩地吊着她凑近。她的衣服渐渐被掀了起来，有只为所欲为的手探了进去。

他声线这会儿沉又沙，像隔着磨砂玻璃般在逗弄人耳郭，偏偏这副欲撩不撩的样子简直引人犯罪："喜不喜欢？"

黎想迷迷糊糊中回神，突然抵着他的手，不甘心地说："这次我不会再对你负责。"

他停了一下，不满地咬她唇瓣，哑着声说："那谢谢款待。"

他发现，她很久没说过喜欢他了。

3

后半夜，为了听黎想一句告白，薄浮林磨了她好久，黎想有些闹脾气地直咬他下巴，也不让他抱着睡。

早上，床头柜上的手机响了两次。黎想被吵到，带着几分起床气哼唧了两声，伸手往那儿胡乱摸。

摸到的是薄浮林递来手机的手。

他见她一直没睁眼，索性帮她接通放了扩音，另一只手把她揽进怀里。

手机那边传来林慕咋咋呼呼的声音："你最近在忙啥？都多久没找我玩了？下午跟我去逛街，我新看上的一款包包到货了！

"还有，上次碰到的我那帅哥同事，小肖，你还记得吧？人还惦记着你呢，说今晚一块儿再吃——"

"嗯？"黎想听到这里半睁开眼，略微吃痛地打断，"薄浮林，你是不是压着我头发了。"

身后的薄浮林长指还卷着她发尾，恶劣地笑了下，没说话，也没故意再扯动。

"你又跟薄浮林厮混在一块儿了？"林慕缓了会儿，特大的嗓门炸开来。

黎想一下被吼得清醒了，从他手里拿过手机，心虚转移话题："唔，你刚说下午去干什么来着？"

林慕的语气恨铁不成钢："不干了！说好的让他后悔莫及，多追几年呢？果然，前夫只有变成亡夫才能断绝幻想。"

说完，她把电话挂断了。

尴尬和安静留给刚醒来的黎想，她偏了下脑袋，对上薄浮林直勾勾的视线，讷讷道："……她胡说八道的。"

薄浮林意味深长地看着她，心猿意马地捏着她的手指："也不算胡说八道，你不是不对我负责吗？"

昨晚酒喝得过量，又被折腾了大半宿，黎想都不记得这句话是自己什么时候说的了。

她有些难受地埋着脸撞进他胸膛，像撒娇又像抱怨："都怪你，我头疼。"

一大早的旖旎心思在这句话后烟消云散。

薄浮林给她揉着太阳穴，亲她的脖颈："不全是我的错。谁让你贪喝，酒鬼转世吗？"

"才不是。"她嫌痒，往被子里缩了缩，闷着声，"我爱喝酒是有原因的。小时候我和我爸爸不怎么亲近，不过这可能也是东亚家庭的父女通病吧……"

做工程的经常待在工地十天半个月不回一次家，黎父又是总工程师，包揽的工作也多。他人又不算机灵，木讷刻板的理工男，对待女儿也不知道要如何亲昵相处。

他没什么不良爱好，也极少参加聚会，唯独很爱喝酒。平时在家没事做，也会一个人坐在那儿喝几杯。

"我长大后开始尝各种酒，是想体会他的爱好。我一直很后悔没有陪过我爸爸喝一次酒。"黎想咬着唇，皱眉，"我不懂……他为什么非要赶回去救那个小女孩，他对他自己的女儿都没这么好。"

人都是自私的，从十八岁到现在，她终于在那场意外的火灾后重新提起黎父。

这是她挥之不去的心结，也是持续多年对父亲抛下她的怨愤。

薄浮林蹭了蹭她耳尖："他可能在那一刻想到了你。"

黎想愣了下，她从来没有想过这个角度。

"虽然我一直不信这世上有圣人，但我信有人胜于圣人。"男人温热的掌心盖在她酸涩的眼皮上，缓声道，"你父亲对你的爱，足以让他冲进火海里救那个和你差不多大的女孩。"

她眼睛有些酸："是这样吗？"

"是，你不是也很爱他吗？"薄浮林亲了亲她泛泪的眼尾，像是哄小孩般安慰道，"但也辛苦我们想想了。"

辛苦她这么多年独自长大，长成了现在让人骄傲的模样。

初雪后迎来一月份的小寒节气，安清市的大雪也接踵而至。

今年的雪伴随着冻霜，恶劣的天气让工地多处结冰，施工只能暂停，提前十天给大家放了年假。

收拾东西回去的那天傍晚，有只小手敲响了黎想办公室的门。

一个女孩从没开多大的门缝里探头进来，提了一篮鸡蛋，怯生生地开口："你好。"

黎想迷惑不解地看着她那张陌生的脸，想了一会儿才觉得眼熟："你是那个木工老韦家的女儿吧？"

门外又传来一道粗重的男人声，似乎在嫌女孩不会说话。

黎想喊了一句："一起进来啊，有什么事吗？"

木工老韦拉着女孩进屋，把手里几十个鸡蛋放到黎想的办公桌上，腼腆局促地搓搓手："黎工，她妈给带来的土鸡蛋，说送给您回家过年。"

黎想忙站起来，推拒道："这是干什么，我可不能收。"

"哎，您就收下吧！算我们的心意。"老韦不好意思地笑笑，"虽然您平时在工地一丝不苟，但您是个好领导。"

放寒暑假，很多工人老家的配偶和孩子都会过来，是黎想给他们家属争取到了更好的宿舍条件。

工人大多数朴实，没读过很多书，但也明事理。

女孩在父亲的拍背动作指引下，也巴巴地跟着说了句："是啊，黎姐姐你收下吧，我们老家的鸡蛋很好吃的。"

黎想对着这两张殷切的脸，实在说不出拒绝的话："好吧，谢谢你们。"

她顿了下，从包里拿出两张百元大钞，往一个红包里塞进去："那这个当回礼了，给孩子的新年红包。"

韦工知道她是不想让他们吃亏，也没再推辞。走前，他提醒了一句："对了，前两天那个焦强还来闹了，念着您名字，骂骂咧咧的。"

黎想记得这个名字，是那位患了艾滋病的油漆工："他回来闹什么？"

"听说他染了什么传染病，出去都没别的工地要。这半年他在外面吃喝玩乐，把这几年攒的钱全赌输了，又回来缠我们工头想接点活。"

工程队下的工人本就隶属工程集团，但黎想开除焦强那天，姚中那边的领导也通过了这个决定，包工头当然不敢收他。

"这不年底了吗？他来找他那几个老乡，说想借钱买车票回家。"

黎想对这种滥赌又染病的人没什么好感，点了点头："等年后开工了，我会让保安看着点的。"

韦工应了一声，带着孩子走了。

薄浮林的电话在黎想下楼快出工地大门那会儿打了过来，问她收拾好没有。

黎想手里拎着那篮鸡蛋，笑眯眯地回答他，又问了句："你说，今晚吃鸡蛋行不行？"

薄浮林至今还没从黎想那里得到一个名分，却成功挤入了她的家里，成了她身后很会做饭的男人。

抓住了她的人，还绑架了她的胃。

薄浮林反问："怎么突然想吃鸡蛋？"

她得意扬扬："就是得到了工人的表彰，人家送了我一篮土鸡蛋。"

确定他的车在哪个位置后，黎想便挂断电话往那处走。

下一刻，却被一个人拦住了路。

男人面黄肌瘦，裹着一件破了棉絮的军大衣，脸上脏兮兮的不知道沾到了什么，看着她露出个谄媚的笑："黎工。"

居然是焦强，半年多不见，他已经像只流离失所的落魄野狗。

黎想冷淡地瞥了他一眼，并不打算搭话。

"黎工等等，我找您帮个忙……"他走上前，"您能不能借我一千块路费回老家？快过年了，大家都不容易。"

"我身上没现金。"

她身上最后两百块都给韦工女儿了，现在一般又都用手机支付，哪有现钞。就算有，黎想觉得自己也没义务借给他。

这会儿工地寂静，大家都在宿舍收拾东西。保安也不称职，居然让这种人又溜了进来。

焦强不依不饶："黎工，你这就不厚道了。是你开除的我，害我变成这样！"

"我害你出去嫖娼？还是逼着你去赌博？"黎想嫌恶地看着他，拿起手机直接拨号，"你别跟着我了行吗？"

焦强看清她在报警，怒从心头起，夺过她的手机，又去抢她的包："臭婊子！要不是你要官威，老子会沦落到这个地步？你们真是命好，读了几本书就来我们头上作威作福……"

黎想的胳膊被包带勾着，差点被他拽倒。

身后一辆车开了进来，两个保安跟在车后面跑，看见这边的混乱状况，边跑边喊："谁啊？我们这里有监控的！"

薄浮林已经下车，拉过黎想到自己身后，一脚对着焦强踹过去。

焦强摔在地上，手上还紧攥着她的手机和钱包，被两个保安拉起来，强硬地抢过。

"放开老子！"

焦强忽然发疯般挣脱他们，恨意满满地朝黎想扑过来。

几乎是下意识地，薄浮林伸手去挡开他，却被他狠狠地咬着手不放。

黎想看见薄浮林手背上已经见了血，大脑一瞬间空白："薄浮林！"

焦强被踢开，薄浮林抬腿踩在他胸口上，让他再起不来，才冷静地对着那两个保安说："他有艾滋病，必须捆住他。"

两个保安一听，人都吓傻了，一个一个解着腰带递给他，又不约而同地盯着他手上的伤口。

附近社区的民警在两分钟后赶来，将头套套在躁狂的焦强脑袋上，把人带上了警车。

去医院的路上，黎想抱着那篮鸡蛋一言不发，眼泪无声地滑落。

"开心点。"薄浮林手指微蜷，轻轻揩掉她脸上的眼泪，突然想起了什么，不慌不忙地笑出声，"这次真要成你'亡夫'了。"

坐在副驾上的警察往后看了一眼，都不知道怎么说："薄总，您的心态可比您女朋友好。"

黎想眼泪掉得更凶了，搂紧篮子，喉间发出呜咽声。

薄浮林叹了口气，拉着她的手服软道："我跟你开玩笑呢。"

"哪里好笑！"她快急疯了，又朝前面的人哭着喊，"你们能不能开快点啊？"

警察抹了把头上的汗："很快了，很快了。"

到医院直接挂的急诊，医生先给薄浮林来了一针阻断病毒感染的免疫球蛋白，随后让他去抽血化验。

医生的原话是："我无法确定那位病人是否有口腔溃疡或牙龈出血，但你皮肤确实有破损，有被感染的可能。"

站在旁边的黎想红着眼问："医生，多久能出结果啊？"

"三周后，差不多二十一天能出结果。"医生从抽屉里拿出一份宣传单，给他们讲清艾滋病可能的传染途径，又叮嘱道，"不能同房。除了血液和母婴传播，性传播是最常见的。"

黎想刚还想张开的嘴，这会儿闭上了。

薄浮林没忍住笑，在她的尴尬窘迫下接了话："好的，谢谢医生。"

……

一路上，黎想在心里都快把焦强骂了一百遍，这种报复社会的败类并不少见，可偏偏受害者是薄浮林。

她心里既内疚，又害怕。

薄浮林把车开到她的住处，停好车带着她上楼，进屋的时候转过头观察了一下她，说："还记得明天是什么日子吗？"

黎想回神看他："腊八。"

"要去给妈妈过生日吗？"

她摇头："我把礼物给她寄过去吧。"

薄浮林闻言一笑，看穿她："因为想陪着我吗？"

黎想不搭理他，也似乎能知道他接下来要说什么，干脆换好鞋拎着那篮鸡蛋进去，熟练地打开冰箱门放好鸡蛋。

薄浮林见她一脸逃避的样子，也只能认命地先去做饭。

分手以后，这是黎想第一次回到这里。

她四处转了转，才发现他卧室角落多了一张老桌子，正是她之前在学校里用的那张。

桌角上画的"雨"和"正"字被坦然地露了出来，她少女时代的秘密也无所遁形。

她总想着，耗完整个青春，就安静撤退。

可耗完整个青春，谁能全身而退。

房门被轻轻推开，薄浮林倚着门框，看着她僵着不动的身影开口道："如果我运气不好……"

黎想身形一顿，要走，却被拉住。

他就是要逼她听完："如果真中招了，你就当回国没再见过我。"

黎想强忍的眼泪在眼眶里打转，骂他："浑蛋。"

薄浮林垂下脖颈，虔诚道："我是个浑蛋，但我偶尔也想做个好人。"

4

薄浮林是在第二天离开的。

床头柜那儿留着一份礼品盒，上面有张便利贴：去妈妈那里过生日吧，把我的礼物也带上。下次再陪你去见她。

黎想起身，往餐桌走去，还保温着的皮蛋粥旁放着他的第二张留言：我养了一盆郁金香，帮我照顾一下，别给养死了。

家养郁金香的开花期正好是在三周左右。

三周过去，他那检测结果也该出来了。

黎想怀疑他是故意给她找事做，给他打了一个电话，倒没料到会被接起，于是疑惑地发出一声："哎？"

"怎么了？"薄浮林嗓音含糊，也不知道他跑哪儿去了，电话那边传来的风声特别大。

黎想诚实开口："还以为你跑了。"

他边咳边笑："我从来不干临阵脱逃的事。我在宁夏，刚下飞机没多久。"

"你去那边旅游吗？"

薄浮林反问："我要有这闲空，怎么不在家陪你？"

黎想心情好了些，抿唇轻笑起来，抱着膝盖坐在椅子上问他去干什么。

他说谈正事，有个"光储直柔"（在建筑领域应用太阳能光伏、储能、直流配电和柔性交互四项技术的简称）的项目，关于光伏建筑一体化 BIPV，做工商业屋顶，能有效降低企业的用电成本。

黎想听到这里倒是清楚了，宁夏当地气候干燥，一年四季日照充足，正好能运用绿建技术来建立太阳能光伏。

她撇了下嘴："那你昨天怎么不说？"

"你昨天哭成那样，我哪敢招惹你。"

黎想坐在餐桌边喝粥，想跟他视频通话。但薄浮林说他那边基站被大雪冻坏了，还在维修，网络质量不行。两个人只好隔着手机有一搭没一搭地瞎聊，没人再提起他昨天那句话。

差不多聊了半个小时，黎想要出门了，才把电话挂掉。

薄浮林揉了把被西北风吹麻木的脸，进了屋。

除夕前一天，阳台上养的那盆郁金香突然开了，金粉色的花苞鲜艳明媚，好看得有些不真实。

黎想光着脚站在地板上，良久未回神，本以为会很难熬的三周，居然就这么过去了。

她拍下照片，给薄浮林发了过去：我的任务完成啦。

但薄浮林一直到第二天也没回。

除夕夜当晚，林慕终于把黎想拉了出来吃晚饭，顺便提了一嘴外滩那儿有新年倒数活动。

这是安清市第一次这么隆重地举行新年活动。

离活动开始还有一个小时，商场门口、十字路口和外滩边上已经聚集了不少人。

市民们穿着厚重的冬装，要么携家带口，要么成双成对，每张脸上都洋溢着喜气洋洋的笑容。

人潮涌动，渐渐都默契地往本市最高的标志性建筑物靠拢。

黎想就是这时候和林慕走散的，人多的地方信号不好，她往边缘处走，拨通电话："你上哪儿去了？"

林慕笑嘻嘻地说："你傻啊，跟这么多人挤干什么？来柏悦酒店九十二层。哦不对，是八十八层，我订了房！"

柏悦酒店就在这附近，但黎想对这里的高层套房消费略有所闻，不解道："你除夕夜不回家吗？花这么多钱订房干什么？"

"姐年终奖发得多不可以吗？"林慕欲盖弥彰地咳嗽几声，又说，"你赶紧来吧，前台会给你房卡。"

黎想对她想一出是一出的性子已经习以为常，点头："好吧。"

"对啦，我先去楼上餐吧叫点东西吃啊。"

"等下。"黎想喊住她。

林慕以为露馅，紧张得甚至发出了颤音："咋、咋啦？"

黎想说："帮我带一杯鸡尾酒。"

"没问题！"

黎想步行到了酒店楼下，到前台领了房卡上去，进门只打开了玄关的灯，凭着外面泻进来的灯光走到了全景落地窗前。

她看了眼手机，离倒数还有一分钟。

但林慕一直没过来，她只好给林慕打电话，被林慕直接挂断，给她发了一条信息：别管我了，我在楼上碰到了帅哥！

整座城市的夜景落在眼前，黎想稍微开了点窗透气，隐约听见了倒数的声音。

她原先以为是从下面的人群里传上来的，但又觉得这个高度不太可能。想了想，应该是楼上露天观景台传来的，那儿人多热闹。

倒数声如期而至——

"十。

"九。

"八。

"七。"

黎想在倒数时再度拨通了一个电话,响了两声后被接起。眼前的璀璨霓虹渐渐变得模糊,她小声问:"你回安清了吗?"

"六。

"五。

"四。"

她已经听不清到底是自己这里的倒数声,还是薄浮林那边的声音,只是低着眼睑问:"你有去医院拿检测报告吗?"

"三。

"二。

"一。"

薄浮林低沉的嗓音落在她耳郭:"新年快乐。"

与此同时,黎想执拗说出的那句"我不分手"被爆破声盖住。

烟花就在她眼前那栋楼顶绚烂盛开,一簇又一簇地绽放。整座城市的人都在高声欢呼,大喊着"新年快乐"。

她咬着下唇,手无意识地按在玻璃窗上,用力到指尖泛白,只好回他一句:"新年快乐。"

"你好像越来越爱哭了。"薄浮林轻笑出声,"转个身。"

电话霎时被挂断,她盯着黑掉的屏幕,无措地回头,一眼就看见男人斜斜地靠着门,手里还拿着几样东西。

落地窗外还在放着烟花,光影交错。

薄浮林穿着件灰色羊绒衫,衣袖随意卷起挽至手肘处。在西北待了半个月，他清瘦了些，额前漆黑的头发也长了一点，气质却依旧矜贵明朗，笑起来更耀眼。

他把手里的几样物件一一摆在她面前的那个书桌上，说："健康的体检报告，名下所有的财产，还有送给你的新年礼物。"

那份新年礼物是薄浮林大二拿的 WASA 世界建筑学生一等奖，他觉得黎想会喜欢。

但黎想这会儿压根没心情看桌上那几样东西，直直撞进他怀里。

她鼻间是男人身上清冽贵气的杜桑香，熟悉又让人安心。她贴着他温热沉稳的胸膛，蹭了蹭，无比委屈："为什么不回消息？你吓到我了。"

"抱歉，那说明我不擅长准备惊喜。"薄浮林笑了笑，捏着手里的小方盒，在掌心转了转，"但我确实还有一个惊喜，你要不要？"

黎想点了点头。

他手臂环着她腰身，把订做的戒指从盒子里拿出来："我想和你结婚，你愿意吗？"

她踮脚搂住他后颈，没迟疑地把人拉下来，用吻做了回答。

没什么可犹豫的。

兜兜转转这么多年了，她还是好喜欢他。

他们订婚还算早，但等商量婚期、见家长这些程序慢慢走完，时间已经从年后拖到了夏季。

领证前一天，薄浮林和婚礼策划师商量了一下婚纱照的创意。

得知他们定下的拍照地点在六中时，黎想还有些不可思议："去校园里面拍会不会影响不好啊？"

薄浮林把车开了进去，是门口大爷给他们开的门。

他慢悠悠地侧眸，回她："你知不知道你老公给学校捐了多少钱，难道我拍个结婚照都不让？"

黎想有点羞耻，坐立难安："可是感觉怪怪的，碰上以前教我们的老师怎么办？"

"前天刚放的暑假，学校没人。"薄浮林停好车，捧过她的脸用力亲了一口，"乖一点，走吧。"

她碎碎念："你把我口红都亲没了。"

"因为不喜欢这个味道。"这口红颜色挺好看，但有点泛苦。他坦然道："多亲几次用得快。"

"噗！"黎想被逗笑了，满意地给他竖起一个大拇指。

反正不是禁止她用就行。

摄影团队的车和他们前后脚到，一行人搭棚摆机器，找着机位和角度。

黎想被拉去换衣服的时候，才看见了自己那套高中校服，捂着嘴："老师，这是薄浮林挑的？"

摄影师点头，看着挺开心："是啊，我最喜欢拍你们这种从校园走出来的情侣了。男帅女美，都让我感觉年轻了几岁！"

黎想内心五味杂陈，感觉今天的一切都有些不真实。

她换上了以前的校服，坐在操场边的大榕树下等薄浮林时，百无聊赖地看着暴晒的塑胶跑道和旁边的篮球场。

这里每一处都太熟悉，轻而易举地让她回忆起曾经。

很多节体育课上，她都喜欢坐在这个位置，看着天空湛蓝一片，万里无云，阳光自带噪点。而树上的蝉鸣从不停歇，响彻整个夏天。

只是此刻校园十分安静，没有了男生们在球场上跑来跑去的运球声，也没有女生们成群结队去小卖部买雪糕、汽水的闲谈。

她抬眸，看向这棵十年如一日的老树，越过绿荫罅隙透进来了几缕日光，风里都是闷热的气息。

"来了，啧啧啧。"摄影师感慨。

黎想朝前方看去，一顿。

她原以为他也是穿六中的校服，却不料想他穿的竟然是来六中报到那天的制服。

那是她第一次见他的样子。

少年生得唇红齿白，衬衫前襟挂着一条蓝白波纹的领带，系得并不端正，两颗纽扣随意开着，露出白皙的锁骨。

眼前那道颀长的身影和过往那个少年慢慢重合在一起。

但他今天把原本配套的西裤换成了平时穿的，好在都是黑色，倒也细看不出区别。

注意到她敏锐的视线，薄浮林难得有些不自在地摸摸后颈，解释道："我比那时候长高了点，裤子穿不了。"

黎想眼眸发热，站了起来。

看着他一步步走近，直到停在她面前。

两人仅一步之遥。

"黎同学你好，我是高二（6）班的薄浮林。"他逆着树荫里落下的日光，笑着说，"我是你九年后的丈夫。"

有人抬起头，惊呼："哇，下雨了！"

这是夏日里最好的一个晴天，有无人机从他们上空飞过，落下了一场粉色花瓣雨。

陪你等过二十六场雨，也等来了二十六岁的你。

青春快乐，致你我。

番外
黄粱梦

享受具体的夏天，去爱身边的人。

"你这牙挺整齐的，就不喜欢虎牙是吧？"牙科医生拿着片子看了看，笑着说，"挺多明星也不喜欢虎牙，我看着还觉得挺好看的啊，尖尖的。"

　　他面前的小姑娘手攥着校服衣摆，有些不自信地嗫嚅开口："老有人笑我，初中的时候还有人给我取'狗牙'的外号……能整齐点还是整齐点吧。"

　　这年的黎想十七岁生日还没过，绑着低马尾，清瘦的身材套在宽大的校服里，额头上冒出几颗无伤大雅的青春痘。

　　是丢进人群里就难以一下找出来的小女生。

　　医生坐在电脑面前笑了笑，并没有把少女被取绰号的苦恼当回事，开着病历单，问："你经期是什么时候？"

　　"好像是这两天……"

　　"那等下礼拜再来吧，经期前后不能拔牙，你要戴牙套之前得先拔掉这颗虎牙。"医生把血检单子递给她，"下周带着这个一起过来。"

黎想点点头："好的，谢谢医生。"

才走到医院大门口斜对面的公交站台，手机铃声就接二连三地响起，是两个不同的电话号码。

一边是父亲，一边是母亲。

去学校的公交车还没到，中午时分太阳正晒。黎想一个电话也没接，他们又不约而同地发来消息。

两口子都在默契地问她看医生看得怎么样了。

他们上一次和她交流是在上周，商量他们离婚后她选择跟谁。

黎想采用逃避现实的战略，至今不想跟这对夫妻进行沟通。

"离异家庭"这个词听起来普通寻常，可是当它即将落在自己身上时，黎想才清楚这是苦闷青春期里的雪上加霜。

她的十七岁才刚开始，就仿佛望到了尽头。

等待的那辆公交车缓缓停下，黎想叹了口气没再纠结。

回到学校，离下午第一节课还有十二分钟。

两分钟后，结束午休的铃声将会打响。

一分钟后，她会经过六班教室靠近走廊的第二个窗口。

而窗口那张桌上睡午觉的少年会揉着惺忪睡眼，懒洋洋地支着脑袋，看向走廊放空醒神。

他叫薄浮林，名字和香港的"薄扶林"地名同音，或许这个名字的渊源也来自于此。

薄浮林转学到六中不到两个月，名字已经传遍全校，先是被一辆豪车送进校园引人注目，后是长相和性格又俘获诸多人的好感。

老师喜欢他遥遥领先的成绩，年级里的同学也对他赞不绝口。

高二（6）班一共五十个人，薄浮林在进校第一天就被众人记住，而在班上待了一年多的黎想则是和他完全相反的类型。

遇见薄浮林之前，她如同海洋里的水母，没有心脏，没有胃和其他内脏器官，不被人关心也不在意其他人，安安静静地在蓝色校园里飘荡。

薄浮林出现后，她觉得无趣的高中时代似乎也有了点值得期待的意外。

比如，近水楼台先得月。

同一个班里，即使她再透明，也有机会和薄浮林产生交集。

下课后，她可以若无其事地跟在他身后买冰柜里同一格的汽水；帮课代表同桌去搬作业时，偶尔也能心安理得地拿着他的练习册；有时经过窗边，运气好还能帮他捡起被风吹得掉到地上的书。

不过今天很奇怪，穿过走廊，薄浮林的位子上居然是空的。

煎熬的两节数学课过去，迎来了今天最后一节体育课。体育老师晃着器材室的钥匙姗姗来迟，打开门之后就让大家自由活动。

男生们扎堆在篮球场旁边，而操场边缘的阶梯上零零散散地坐着一群吃瓜观众。

"于好音手上那校服是谁的啊？"

"她和段明昭……昨天下完晚自习，我好像看见他俩了。"

"啧啧啧！依我看，就是一朵鲜花栽在牛粪上。"

"段明昭太浑不懔了，我还是喜欢他身边那个，但你们不觉得薄浮林长得又挺'渣'的吗？"

听见熟悉的名字，黎想的笔尖停在日记本上没动了，微微往旁边瞥了一眼。

几个聊着天的女孩也正巧都朝篮筐下的那道修长身影看过去。

她们口中的男主角还在球场上鹤立鸡群，挥洒汗水，对别人的评价丝毫不知。

其实说薄浮林长得"渣"也并非胡言乱语，他面无表情时，眉宇锐利，看起来很有距离感。但偏偏他又是性格随和的人，一双桃花眼笑起来，就莫名多了几分蛊人心魄的意味。

可是没有人能从他身上找出"渣"的真凭实据。

和校园小霸王段明昭不一样，薄浮林除了长相出众，平日里算得上一个挑不出什么错处的三好学生。

"小卖部里没有常吃的那种冰激凌了。"身后传来同桌林慕的声音，一支绿豆味的冰棍递到她眼前，"喏，这个可以吗？"

黎想点头接过："可以的，谢谢。"

林慕顺势坐在她旁边，吃着"绿舌头"，并不好奇地探头看，更像是没话找话地问了句："你在写什么？"

"日记。"

黎想腼腆地笑笑，拆开冰棍咬了一口。

傍晚的球场边，清风燥热。

身边那群女孩也在分享零食，只不过黎想和林慕在班里都是没什么存在感的人，自然和她们玩不到一块儿。

林慕专心吃着手里的"绿舌头"。

黎想则低头，写日记。

这其实是一封信，她偶然发现了一个叫"future me（未来的我）"的邮箱，可以给未来的自己写信，便心血来潮地动了笔。

这是十七岁的她，打算给二十七岁的黎想的一封信。

　　二十七岁的黎想，你好啊。我不想问你有什么成就，也不想问你成了一个什么样的人。我相信你一定已经交出了一份令自己满意的答卷，因为我在为此努力着……

　　对了，写这封信的时候。我坐在操场边，薄浮林在离我不到五十米的篮球场上打球。

黎想写到这里，咬了一口快融化的冰棍，绿豆冰沙的甜味充盈口腔。

球场上传来一阵躁动的欢呼声，是薄浮林耍帅地扣篮成功了。

他逆着夕阳，哪怕模糊得看不清面容，只有一道剪影，那份蓬勃的生命力也足以让人雀跃心动。

黎想悄无声息地收回视线，微微抿唇，在旁人看不见的角度笑了笑，继续写道：

　　十年后，你还会记得薄浮林这个名字吗？你会记得，你曾经很为他着迷吗？

骚动在收笔时再度响起，黎想刚合上日记本，就听见身边一群女生惊呼："薄浮林被球砸倒了！"

她惊惧地抬头看过去，果然看见球场上那群男生围着一处，她还没来得及起身，那处的人群散开了些。

段明昭扶着人起来，夸张地大喊："不是吧少爷，怎么砸一下就倒了！你可别吓着我们！"

球场上其他人都看得一清二楚，薄浮林确实是在被球砸到后就倒向地上的，可不到半分钟，他又自己睁眼了。

如果不是他一直皱着眉，大家可能会以为他在恶作剧。

"怎么了？"段明昭见他不说话，"砸坏了？"

薄浮林捂了下被砸的后脑勺，还真有点疼。他不太清楚此刻的状况，但又从身边人的反应里悟出些东西来。

他定定地望着一群男生身上的校服："高中？"

段明昭迟疑地"啊"了一声，担忧道："真砸到脑子了？"

薄浮林沉默了几秒，突然笑着摇了摇头，拍上好友的肩膀："早跟你说过，你这锡纸烫很难看。"

段明昭一听他这语气，就知道他没事，挥挥手："滚滚滚！"

球被捡了回来，大家继续玩。

但薄浮林没有要再加入的意思。

说来应该没人信，此时的薄浮林，已经不是几分钟前的薄浮林。准确来说，二十七岁的薄浮林竟然回到了十七岁。

至少根据目前的情况来说，是这样的。

不过也可能是一场梦。

但梦迟迟不醒，耳边的风声、嘈杂声倒是越来越清晰。

他站在球场边缘处，视线囫囵地往四周看过去，最后锁定在榕树下。

那女孩扎着低马尾，表情拧巴，是一张不太起眼的脸。

明明一下没能认出来，又仿佛冥冥之中自有安排，薄浮林就这么找到了十七岁的黎想。

女孩根本不敢直视他，像是偷窥被发现的心虚者，目光一触即分。晚风吹着她柔软低扎的黑发，鬓边碎发有些乱蓬蓬。

他重返十七岁，见到了十七岁的黎想。

挺有意思，薄浮林在这一刻接受了这个事实。

他在看谁啊？黎想慌张地低下脑袋，紧张地按压圆珠笔，就听见林慕疑惑地道："他过来干什么？"

不仅是林慕在问，身边那群女孩也窃窃私语。

黎想还没听明白。

一抬头，只感受到那道身影越来越近，她耳尖忍不住发烫。

薄浮林却已经半蹲在她面前，反手擦了把下颌的汗，笑得坦荡又明亮。

没等她开口，他先喊了一声："想想。"

围观的同学纷纷倒吸一口凉气。

"吧嗒"一声，黎想惊得手一抖，绿豆冰棍掉到了地上。

……

如果有一天，十七岁的你被校园男神拦住，稀里糊涂地说他来自未来，并且和你关系匪浅……

这种少女心幻想的假设产物，黎想压根儿没敢这么想过。可命运偏要和她开这个玩笑，这事居然实实在在地发生了。

一放学，薄浮林又拉住了黎想。

不过这次他学乖了，等其他人都走了才跟在她身后。

虽然在此之前，他已经试图和黎想沟通过好几次。但这种荒唐事件，任谁都不会轻易相信。

黎想今天值日，留到最后才锁门离开教学楼。她埋着头往前走，对身后那道清澈低沉的男声充耳不闻。

一定是自己脑子出现问题了，都产生这种幻觉了！她得赶紧回家，让爸妈带自己去医院检查一下！

"黎想——"薄浮林大步上前，哭笑不得地扯住她的书包带，"好了，你不信就不信，别不理我。"

校园里这会儿空空荡荡，幻觉里的人还会跟自己对话吗？

黎想停住脚步，站在原地没动。余光里是男生高瘦的身形，窄瘦的下巴，他的喉结在说话时也上下滚动着。

她从来没有离薄浮林这么近过，近到能闻到他校服外套里敞出来的清冽的青柠香，近到能感受他的呼吸声。

"不要偷偷看，抬起头看我。"薄浮林把小姑娘那点藏起来的小心思看得分明，不由得笑，"原来你的十七岁是这样的。"

他又在说这种莫名其妙的话。

黎想想起他之前的说辞，纠结地仰脸，鼓起勇气问："你……真的来自十年后？"

薄浮林点头。

女孩声音又放低了些——

"那、那明年的高考作文题目是什么？

"数学卷子的最后一题是考哪个知识点？

"这几年股票……"

黎想问到这里，卡壳了。她的商业头脑不行，并不了解要怎么趁时代风口赚大钱。

薄浮林听得失笑。

不愧是黎想，这种时候还真是头脑清醒。

他一句话没回答，笑得肩膀直抖，笑声中夹杂着被风吹得簌簌的枝叶声，似有若无地撩拨着少女的耳郭。

黎想完全不信他来自未来这个说法了，下意识把目光往下移，盯着他锁骨，红着脸嘟囔："就知道你在胡说。"

薄浮林好不容易止住笑："去吃面吗？"

他话题转得太快，黎想没反应过来："什么？"

"炸酱面。"他拉过她，面色自若地往校门外走，"是你常吃的那家。"

为什么会知道是她常吃的……黎想脑袋很乱。

好在吃面的时候，薄浮林没再说些不着调的话来打乱她快成糨糊的思绪。

像是在养女儿一般，薄浮林给她点的那碗面里加了好几个荷包蛋，甚至把自己碗里的牛肉也都喂过来。

"你好瘦，多吃点。"

黎想被他的温柔攻势弄得有点蒙，她不善言辞，只好埋头苦吃。

吃完最后一口面，她喘了口气，问道："你不回家吗？"

"等晚点儿，我先送你回去。"

薄浮林记得结婚后，黎想和他说过她家里的事情。他捋了捋时间线，推测出这会儿她爸妈应该在闹离婚。

用她自己的话来说，夫妻俩在家都不说话，家里气氛压抑，于是她经常放学后还在学校附近晃荡，只为了不回去面对他们。

想到这里，他拆开边上的牛奶，插好吸管递到她嘴边。

"谢谢，我、我自己来吧。"黎想受宠若惊，接过他手里的牛奶，"太奇怪了……"

薄浮林勾唇："我奇怪吗？"

她声若蚊蚋："我印象里的你不是这样的。"

"那是什么样？"

黎想咕哝："是不会理我的样子……你在今天之前根本不会和一个陌生的同学聊天，更不会注意到我。"

薄浮林不缺关注，也不会花时间记住无关紧要的人。但今非昔比，坐在她面前的，是来自十年后的薄浮林。

尽管她不会相信。

他支着下巴，没再解答她的疑惑，看着她眼睑下方的乌青，扯开话："昨晚熬夜了？"

"嗯，熬夜复习了，因为上次月考退步了五名。"

不知道为什么，听他轻声细语地和自己交谈，黎想高度紧张专注的神经也渐渐放松下来。

薄浮林眼睫覆下："别给自己太大压力，这才高二。"

"你在主席台上的演讲不是这么说的。"黎想咬着唇，笑了笑，

"你的原话是'没有人会知道你熬夜学习的日日夜夜,停止无病呻吟和抱怨……'"

他心口微微抽动:"我是这样说的吗?"

"嗯。"

"我说错了。"少年语气老成持重,又带着几分心疼的情绪望着她,"你可以抱怨,也可以委屈。"

薄浮林初中时代爱玩,高中时期早熟,总希望往高处走。因此功利心渐长,很少矫情地往后看,会在演讲时说出这么不近人情的话也是意料之中。

他没关注过异性,但也能看出来黎想的十七岁和大多数女孩的十七岁一点都不一样。

她隐忍沉默,习惯了躲在角落,期盼成年。

"十七岁"是人生中很特别的日子,离成人很近,离青涩又不远。但过完这一岁,人就好像离弦的箭,被世界催着飞速长大一般。

夜幕逐渐低沉。

夕阳褪去,刮来乌沉沉的风。

空气里传来冰镇西瓜的香气,黎想惆怅地看着薄浮林的侧脸,低喃道:"如果你能一直这样就好了。"

就算现在是一场夏末的美梦,她突然也想要这场梦能久一点。

薄浮林回神,听出她的言外之意:"不要为还没发生的事叹息,享受具体的夏天,去爱身边的人。"

黎想蜷缩起手指:"身边的人?"

"我是说你父亲。"

按照时间推算，黎父是在明年高考季发生意外去世的。薄浮林不认为自己可以改变已发生事件的大方向，但他想做些力所能及的事。

"长大后的你总是好奇他为什么喜欢喝酒。"他摸了摸她的乌黑发顶，"趁周末有时间，约父亲一起聊聊天吧。"

黎想似懂非懂地望着他，却被他拉着起身往前走。

彼此都不知道这场黄粱梦会持续多长时间，薄浮林带着她走走停停，有一搭没一搭地闲聊。

他只是想亲自了解这个年龄的黎想，了解黎想少女时期的酸涩和快乐。

而对黎想来说，这个傍晚实在是过得晕晕乎乎。

他带着黎想去游戏城抓娃娃，也拿走了她余下来的一枚游戏币，在她不解的视线里解释："别担心，以后它会出现在你的家里。"

我和你的家里。

薄浮林低眸看着她的脸，在心底补充道：有点遗憾现在才见到你，但很开心现在见到了你。

黎想懵懂地思考："是因为……我变漂亮了吗？"

"什么？"

"你说我们未来会在一起。"她觉得荒诞，但还是忍不住问缘由，"是因为我变漂亮了吗？"

薄浮林思忖片刻，神色认真地道："要听实话吗？"

她捏紧手掌："当然。"

"我认识你的时候你已经长成那样了，我没法做比较。"他说，

"毕竟我现在会看着你，也是建立在我已经很爱你的基础上。"

黎想被他突如其来的表白吓到了，一动不动。

她这个样子真是怪呆的。薄浮林笑着补充："对了，以后离一个叫赵响白的远一点。还有，要多喜欢我一点。"

黎想没听清他口中的人名，只听懂了最后一句，小声道："可我已经……"

很喜欢你了。

这座城市的夏季不由日期决定，而是被初秋的雨季慢慢替代。冗长的阴天带来数日的潮湿，绮丽的梦也要结束。

回去的路上，黎想像是接受了这离奇的一天："我觉得这个梦还挺好的。"

"不是你的梦，应该是我的。"薄浮林转过身，注视着她，"我明白你说的那句话了。"

她问："什么话啊？"

他终于承认："我的确是你的战利品之一。"

全文完